忘るまじ、ビキニ事件

福島原発事故への波及

はるかぜ書房

目次

はじめに

ビキニ事件。

学習教材から削除されても、それは日本人にとって、決して忘れてはいけない事件です。

一九五四年三月一日、マグロ漁船の第五福竜丸に乗り組んでいた大石又七《おおいしまたしち》は、ビキニ環礁での米国水爆実験で「死の灰」を浴び、二十二人の仲間と共に被爆しました。彼は被爆について沈黙していましたが、仲間が肝臓ガンや肝硬変などにより、次々と命を落とす中、二十九年目にようやく自らの体験談を語り始めます。以来全国各地で、核廃絶や平和を願って講演活動を行ない、その回数は七〇〇回以上にもなりました。

この作品は、大石又七と核物理学者の武谷三男《たけたにみつお》を軸として、ビキニ事件の早期幕引きを図る日米両政府の圧力にも屈することなく、事件と戦った人々のノンフィクションです。物語は、当時の関係者による著作や研究報告、そして新聞記事などの一次資料の事実に基づき、人物や経緯に脚色を施して書かれており、ビキニ事件が福島原発事故へ波及したことにも触れられています。

プロローグ

「私は、西から昇る太陽を見たことがあるんですよ」

大石又七《おおいしまたしち》は椅子に座ると、マイクを握り、開口一番、耳を疑うようなことを口にした。

最前列にいた赤いジャンパーの女性が、又七の言葉に驚き、大きく開けた目を彼に向けた。

「それは、日本から南東に三七〇〇キロも離れた海の上の出来事でした。今から五十七年も昔のことで、ビキニ事件と呼ばれています」

土曜日の昼過ぎのため、成人学級の参加者は、男女合わせると、五、六十人を超えていた。内訳は八割が中高年の女性だった。

「当時、私は二十歳になったばかりの若造で、二十二人の仲間たちと一緒に、遠洋マグロ漁船に乗り組んでいました」

会場の調布市・西部公民館は住宅地にあり、車の騒音は聞こえない。又七の声だけが響いている。

「私の生まれはカツオやマグロで有名な焼津市の隣にある吉田町《よしだちょう》ですが、初めから漁師になりたかったわけではありません」

彼の目は少年のように活き活きと輝き、声にも張りがあり、とても七十七歳とは思えない。

「終戦の年の秋に、父親が事故で死んでしまったんです。それで、長男の私は、家族を食べさせるため、中学校を二年で中退して、やむなく漁師になりました。なにしろ混乱した時代のことですからねえ。実入りのいい働き口は、遠洋マグロ漁船に乗るしかありませんでした」

又七は眼鏡を跳ね上げると、室内を見渡した。

「みなさんは、福島の原発事故、テレビで見ましたよね」

皆は頷いた。明日でちょうど、東日本大震災から半年が経つ。彼らの脳裏に、悪夢の光景が、生々しく蘇った。

「私はテレビを見た時、泣いてしまいました。原発事故で被災した人たちが、昔の自分に重なったからです。福島で起こった原発事故の原点は、私が五十七年前に遭ったビキニ事件の中にあります。西から昇る太陽を見たことがきっかけで、私の体の中に恐怖の種が居座りました。それは今でも、私を怯えさせています。福島原発の事故に遭った人たちも、これからずっと、私と同じ気持ちで生きてゆかなければなりません」

彼は一段と声の調子を上げると、怒りを込めた口調で言った。

「だけど、日本政府は福島の原発事故を過小評価している。原発事故に遭った人たちの心情をまったく理解していない」

そのあと、何かを訴えるような視線を参加者に向けると、

「みなさん。よろしいですか。私の話を聞くと、被災した国民に対して、日本政府がどれくらい冷淡なのか、それがよく分かります。今でも、政府の考え方は、昔と全く変わっていません」

と言ってから、意味ありげな目つきをした。

「実は最近、ビキニ事件がなければ、福島の原発事故は起きなかった、と思うようになったんですよ」

又七はマイクを握りなおすと、ゆっくりした口調で自分の体験談を話し始めた。

第一章

1　西から昇る太陽を見た

一九五四年三月一日、時刻は午前一時を過ぎている。遠洋マグロ漁船の第五福竜丸は、南太平洋のマーシャル諸島海域にいた。船の正式名は「第五福竜丸」だが、仲間内では「福竜丸」と呼んでいる。

がっしりした体格の船頭《せんどう》が、船尾甲板にある船室にやって来ると、勢いよくドアを開けた。船頭というのは漁労長のことで、乗り組んでいる漁師たちのボスに当たる。

「おーい、起きろ。戦闘開始だ」

仁王立ちで腰に手を当て、中に向かって野太い声を張り上げた。室内の両側には二段ベッドがずらりと並び、十数人の乗組員が横になっていた。

船頭の声を聞くと、漁師たちは一斉にベッドを抜け出した。素早く身支度を整え、上甲板に行き、マグロはえ縄の準備に取り掛かる。少し風はあるものの、海は穏やかで、空には星が見え、今日の操業に支障はなさそうだ。

「縄、やるぞー」

ブリッジにいる船頭が、号令と共に窓際に吊るされた鐘を激しく鳴らした。

　船が西南西に向かって減速で走ると、それに合わせて、持ち場に陣取った漁師たちが、はえ縄を繰り出していく。一見、楽そうに見えるが、命がけの危険な作業だ。少しでも気を緩めると、勢いよく出ていくはえ縄の釣り針に指を引っかけられ、そのまま海に転落し、サメの餌となる。

　四時間ほど経って、投縄《なげなわ》作業が終了すると、船はエンジンを止めた。船の位置は、ビキニ環礁から東に一六〇キロほど離れていた。

　はえ縄の全長は九十キロメートルにも及び、一六〇〇本もの釣り針がサンマやイワシをぶら下げて、五十メートルの水深でマグロを誘う。

　マグロが掛かるのを待つ間、乗組員たちは船室で仮眠をとる。縄を揚げるのは、二時間ほどあとになるが、全部を巻き揚げるのに十時間近くも掛かる。

　又七はベッドに横たわると呟いた。

「ああ、やっと陸《おか》に上がれる」

　今日は最後の操業日で、漁が終わり次第、焼津港に戻ることになっている。昨日まで捕獲した魚は、小型マグロを入れても九トンにも満たない。このまま帰ると、赤字になるのは必至だが、船に積んだ燃料も食糧も、限界に近づいているため、他に選択肢はなかった。

　出港してから、もう一か月以上が経っていた。船乗りだった父は、海で活躍することを願って、息子に「七つの海をまたにかける」を意味する又七と名付けたが、当の本人はそろそろ陸の上が恋しくなっていた。

第五福竜丸は一四〇トンの木造船だ。

初めてこの船に乗った時、又七が仲間に、

「木造で一四〇トンの船を造ってもいいのか？」

と訊くと、意外な答えが返ってきた。

「いや。だめだ。木造船は百トン以内に制限されている。だから最初は、九十九トンで建造許可を取る。それから検察官に裏金を渡して、あとから四十トン分を増やしたそうだ」

第五福竜丸は終戦直後に、ありあわせの木材をかき集めて建造されたうえ、トン数が無理に水増しされているため、老朽化の激しい危険な船だった。

又七がこの船に乗るのは五回目になる。出港する前から、福竜丸に乗るのは今回で終わりにして、つぎに乗るのは頑丈な大型の鋼船にしよう、と決めていた。

父親は終戦の年に事故死した。一家の働き頭になった又七にとって、マグロはえ縄漁船の漁師になることは、短期間で大金を稼ぐには手っ取り早い手段だった。父が残してくれた家は、外に出なくても月見ができるほどボロボロなため、とりあえず屋根の修理費用が欲しかった。

第五福竜丸が焼津の港を出たのは、一月二十二日の午前十一時半だった。

二日目が過ぎた時、冬特有の低気圧に遭遇した。老朽船は三日三晩にわたって、マストまで届く二十メートルの大波にもみくちゃにされ、何度も転覆しそうになった。

どうにか低気圧をやり過ごし、無事に鳥島沖に差し掛かった時、久保山《くぼやま》愛吉《あいきち》無線長が冗談交じりに言った。

「この船は呪われているんだ。焼津を出る前に、神主を呼んで、お祓いをしてもらったほうがよかったなあ」

今回の航海は最初からついていなかった。過去の四航海では経験しなかった事件が、港を出る前から立て続けに起こった。

出発の二日前になって、前回の航海まで一緒だった船長が、痔が悪化したため船を下り、手術を受けることになった。彼の代わりになったのが、船長の資格を持った二十二歳の筒井久吉《つついきゅうきち》だった。

さらには出港前日に、「マグロ漁のプロ」といわれていた古参の漁師たち五人が、新しく船頭になった二十八歳の見崎吉男《みさきよしお》と折り合いが悪く、そろって下船した。五人は、一回り以上も年下の若い船頭に指図されるのが気に入らなかった。

出港の朝、補充としてやって来た乗組員は、十代から二十代の見知らぬ若者たちだった。驚いたことに、四人が集合時間に遅刻した。

船が出たあとで、名簿を見せてもらうと、乗り組んでいるのは十八歳から三十九歳までの二十三人で、そのうちの半数は、又七が会ったことのない人間だった。今でも、本人の顔と名前が一致しない者が何人もいる。遠洋船の漁師になって十年近くになるが、新顔の乗組員が、これほど多い航海は初めてだった。

強烈な光がドアの隙間から船室に流れ込んだ。

入り口近くで寝ていた又七は、瞼を閉じていても、光を感じて目を開けた。壁の時計を見ると、現地時間の六時四十五分で、日が昇るには早すぎる。

一瞬、近くを通りかかった大型船のサーチライトかもしれない、と思ったが、それにしては光の色が黄色であることが腑に落ちなかった。彼はベッドを抜け出し、甲板に飛びだした。

船尾甲板に立ち、船首方向に目を向けた時、

「あれは一体……」

と言ったきりで、あとの言葉を飲み込んだ。

夜明け前だというのに、空や海ばかりか、ブリッジ、マスト、煙突など、船全体も夕焼け色に染まっていた。

「何が起きたんだ」

「どうしてこんなに明るいんだ」

「この光はどこから来るのかな」

遅れて出てきた仲間たちも、眼前の光景に驚いた。

一人が左舷側の海を指さした。

「見ろ。あそこだ」

彼が指さしたほうを見ると、水平線の一部が盛り上がり、明るく輝いていた。

「あれは太陽だ。すぐに昇ってくる」

又七の隣にいる十代の漁師の言葉に、即座に誰かが反論した。

「太陽じゃない。あっちは西だから……」

彼の言葉が終わる前に、水平線の下から、銀色の傘が現れると、むくむくと上昇した。その傘は、太陽の上縁と見まがうほどに、四方八方にまばゆい光を放射する。まさに「西から昇る太陽」だった。

そこにいた全員は、体を固まらせ、声もなく呆然と見つめていた。

周囲を照らす光は、黄白色から、黄紅色、ついで橙色に変わり、赤や紫も加わった。そのあとすぐに消え、元の暗い海が戻ってきた。

水平線の向こうで、尋常ではないことが起きているのは確かだが、誰もが、それが何であるのかを説明できなかった。

「夢を見た気分だ」

「これから悪いことが起こるかもしれないな」

「緊張して見ていたら疲れたよ」

皆が口々に言いながら、船室に入ろうとした時、ブリッジから船頭の大きな声が飛んできた。

「縄、上げるぞー」

船頭の合図と同時に、船のエンジンが始動した。

漁師たちの半数は慌てて上甲板に行くと、上げ縄の準備を始めた。又七たち残りの者は、交代で朝食をとるため船尾に残った。

又七が甲板に腰を下ろし、朝飯を食べようとして、食器を手に持った時だった。海底から地鳴りのような音がすると、船が激しく突き上げられた。

甲板に立っていた者は、爆撃を受けた時のように、その場に身を伏せた。

又七は不意打ちを食らい、食器を放り出した。体を低くして、炊事室の入り口に上半身を入れると、辺りを窺いながら震えていた。

そばにいた仲間たちは、

「海底火山の噴火か？」

「いや、大きな隕石が海に落ちたんじゃねえか」

「津波が起きて、これから大波が来るぞ」

などと、不安そうに言い交した。

その時、ブリッジにいた乗員は、事の真相に気づいていた。

久保山無線長は、

「アメリカの原爆実験だ。俺たちはここにいたら危険だ」

と言って、顔面を蒼白にした。三十九歳の彼は、この船では最年長になり、広島に原爆が投下された当時も、遠洋マグロ漁船に乗っていた。

船長の筒井は海図を広げると、真ん中辺りの一点に指を当て、自信たっぷりに請け合った。

「大丈夫。ここは危険区域の外だから、心配しなくてもいい」

「それなら安心だ」

久保山は安堵の笑顔を見せた。

二人とも出港前から、マーシャル諸島のビキニ環礁を中心とする海域で、アメリカが原爆実験を実施していることを知っていた。

又七が朝食を終えて、上げ縄作業を開始した時、ようやく辺りが薄明るくなった。

「おおー。あれはなんだ」

突然、誰かが叫んだ。

声のしたほうを見ると、新顔の漁師が左舷側の空を指さしていた。

西の空には、入道雲が三つか四つ重なり、天を衝いていた。爆発から時間が経っているため、傘の天辺は成層圏に届きそうなほどに高く、柄の部分は形が崩れているが、まぎれもなく原爆写真で目にした「キノコ雲」だった。

隣にいる漁師が、又七に同意を求めるように言った。

「さっき俺たちが見たのは、ピカドンだったんだよな」

広島に投下された時から、世間では、原爆を「ピカドン」と呼んでいた。「ピカ」は閃光を、「ドン」は爆発音を表現している。

久保山無線長がブリッジの外に出てくると、こちらに向かって手を振った。

「おーい、又七。ちょっと来てくれ」

これまで久保山は、今回も入れて四度、又七と一緒にマグロ船に乗り組んでいるため、又七に対しては年の離れた兄のように振る舞う。酒を飲むと目が座って恐ろしい感じになるが、ふだんは温厚な人物だ。

又七は作業のメンバーから外れると、ブリッジの真下に行った。

無線長は又七の顔を見下ろし、しっかり言い含めた。

「いいか。船か飛行機が見えたら、すぐに知らせるんだぞ」

「どうして？」

「俺たちは、見ちゃいかんものを見てしまったんだよ」

「見ちゃいかんものって？」

又七は、久保山の言ったことが理解できなかった。

「さっき見たのはアメリカの秘密実験だ。もうすぐ米軍の戦闘機が来て、俺たちは船もろとも撃沈され、歴史から消されてしまう。何しろ相手は、広島と長崎に原爆を落とした国だ。漁船一隻を沈めるくらい、屁とも思わない。俺は今でも、アメリカを信用していない」

久保山は太平洋戦争で、海軍に徴用されたことがあり、その時徹底的に反米思想を叩きこまれた。

「だから俺は、船長と相談して決めたんだ。飛行機か船が見えたら、すぐに焼津に無線を打って、俺たちの位置を知らせる。そのあとは、米軍に探知されないように、無線を切ったままで焼津に戻る」

彼がそこまで言うには、十分な理由があった。二年前にも同じ海域で、マグロ漁船が原因不明のまま、突如として消えた事件があったからだ。

「行方不明になった船は、アメリカの秘密実験を目撃したから、米軍機に撃沈された」

という話が、漁船仲間の間で語り継がれている。

又七はようやく、第五福竜丸の置かれた状況を把握した。

「それじゃ、はえ縄を切って、すぐに……」

久保山の隣にいた船頭が、血相を変えて、又七の言葉を遮った。

「馬鹿野郎。だめだ。お前は何を考えているんだ。大急ぎで縄を上げろ」

又七は、縄上げの最中に米軍機に見つかったら、俺たちはどうなるんだろうか、と心配しながら、甲板に戻っていった。


作業開始から二時間ほど経った時、それまで晴れていた空が突如として曇ると、強い風が吹いてきた。やがて雨も加わり、海は波立ち始めた。

又七は、顔にねばつくような違和感を覚え、掌で濡れた頬を拭った。手を開いて、じっと見つめると、怪訝そうに呟いた。

「なんだ、これは?」

雨には白い粉が混じっていた。

雨はすぐに止んだが、湿った白い粉は霙《みぞれ》のように降り続く。ほどなくして、甲板の上は真っ白になった。

漁師たちは、縄上げ作業を続けながらも、南海に降る雪に興味津々だった。

「おお。歩いたら、足跡が付いたぞ」

はえ縄上げは、風上に向かっての作業のため、白い粉は、目、鼻、耳、口の中にも容赦なく入り込んだ。

「舐めても、砂みたいにジャリジャリで、味がしない」

「いや。少し塩辛いぞ」

目に入った時は、チクチクと痛みを感じる。皆は真っ赤になった目を擦りながら、働き続けた。

冷蔵係りの又七は、ゴム合羽《かっぱ》の上下を着て、獲れた魚を魚槽に入れていた。魚槽の中には、白い粉も大量に紛れ込んだ。

当時の漁船は、冷蔵や冷凍の設備を備えていなかった。出港時に、粉砕した氷を大量に積み込むと、航海中は、それを使って魚を保存した。

又七は、ときどき船底にある魚槽に行って、氷の解け具合を調べなければならない。魚槽は四つあって、魚を入れた魚槽の氷が解けると、まだ氷が解けていない別の魚槽に、魚を移し替えていた。

皆は、体に吹き付ける白い粉を払いのけながら、懸命に縄を上げ続けた。白い粉は、熱くもないし、臭いもないため、誰一人として危険性を感じなかった。

作業は、そのあと六時間で終了したが、彼らの苦労は報われなかった。獲れたマグロは、小型を入れても九匹しかなく、あとはサメばかりだった。

最後の操業分を加えても、今回の航海で捕獲した魚は、わずかに一五六尾で、重量にすると九トンを少し超えただけだった。これだけでは経費にもならない。いつもはヒレだけを取っているサメも、今回ばかりは、胴体も持ち帰ることにした。

「甲板の粉を洗い流せ」

「合羽の上に積もった粉も、よく洗うんだぞ」

「白い粉を船室に持ち込むな」

互いに声を掛け合い、作業の後片付けを終えると、大急ぎで船室に向かった。心底疲れ切っており、一分でも早く、ベッドで横になりたかった。

第五福竜丸は現在位置を焼津に知らせると、米軍の飛行機や艦船に見つかるのを防ぐため、直ちに無線を切り、エンジン音も高らかに日本に向かった。焼津港には二週間後に着く予定だ。

又七は、ひと眠りすると、ベッドに横になったままで目を開けた。初めはどこにいるのか分からなかったが、体に響くエンジン音を聞くと、福竜丸の船室にいることに気がついた。壁の時計を見ると、六時を過ぎている。

「腹がへったな」

言いながら、ベッドを抜け出した。

船尾甲板の炊事室に行くと、五、六人の先客が食事をしていた。

細根《ほそね》という十八歳の漁師が又七に話しかけた。

「大石さん。体は、何ともないですか?」

「ああ。少し頭痛がするよ」

それを契機に、

「俺は、眩暈《めまい》がする」

「吐き気がするから、飯《めし》を抜くと言っていた奴がいたぞ」

「目が赤くなって、かゆくてたまらん」

などと、他の者が口々に言った。

「心配ないよ。大急ぎで縄上げをやったから、疲れただけじゃないかな。焼津に着くころには治っているさ」

細根が元気づけるように言うと、皆は頷き、再び箸を動かした。

体に異変が出たのは、白い粉を浴びてから三日が経った頃だった。皆は互いに、自分の症状を教え合った。

「俺は目ヤニがひどくなった」

最初はかゆみを覚えるだけだったが、今ではねっとりした目ヤニが出るため、目を開けるのに苦労する。

「なんだか顔が黒くなってきたよ」

言った本人の顔をよく見ると、ふだんの日焼けとは違い、鼻や頬に大きな黒いシミのようなものができていた。

「体中が、かゆくなった」

そう言って、手首、足首、腹部に生じた多数の「水ぶくれ」を見せた者もいる。白い粉がベルトと衣服の隙間に入っても、放置したまま作業を続けたため、腹部にもできていた。

一週間が過ぎると、症状はさらに悪化した。水ぶくれができていた者は、手の皮膚が剥け、物を握ることが難しくなり、毎日の仕事に差し障るようになった。

又七は朝起きると、乱れた髪を直そうと思い、前髪を指でつまんだ。

「あれ。どうしたんだろう」

力を入れていないのに、髪の毛が数本、一緒に抜けた。不思議に思って、後頭部の髪の毛を束ねて手で掴み、強く引っ張ってみると、まとまって抜けてきた。奇妙なことに、痛みはまったく感じなかった。彼は初め、あの白い粉を浴びたことが原因だ、と不安になったが、体は普通に動き、食欲もあることから、そのうちに治るだろう、と思い直した。

何よりも毎日が忙しく、体のことに構ってはいられなかった。痛む手をだましながら、燃料節約のため、追い風になると帆を張り、向かい風に変わると帆を下ろした。つぎの航海に備え、全員で手分けして、はえ縄を点検し、切れそうなところを補修したり、針を付け替えたりしなければならない。

焼津を出た時とは違って、皆の口数は少なかった。その原因は、この航海から福竜丸に乗り組んだ人間が多いため、互いに気心が知れない、ということではない。まるで自分たちが、悪事を働いたかのような後ろめたさが、全員の口を重くした。

「陸に上がっても、ピカドンを見たことは黙っていような」

「それがいい。アメリカの秘密実験を見たんだから、俺たちは米軍に逮捕されて、消されてしまう」

「米軍だけじゃない。日本の警察からも、目を付けられるぞ」

などと、陰でささやき合った。

「初めて乗ったけど、マグロ船は俺の性に合っている。つぎの航海も乗るつもりだ」

と言っていた新入りも、

「マグロ船にはもう乗らない。陸の上で働くよ」

と、今では考えを改めた。

又七はそこまで思わなかったが、もう福竜丸はやめて大型の鋼船に乗ろう、という決意を、いっそう強くした。


一九四五年八月、日本に進駐した連合国軍総司令部（ＧＨＱ）は、広島と長崎の原爆被害の調査や報道を一切禁止した。ＧＨＱによる報道規制は、一九五二年四月に「サンフランシスコ講和条約」が発効し、日本が独立するまで続いた。したがって、広島と長崎の原爆被爆者も、六年余りの間、世間の目から隠された。

原爆の爆発で生じるものは、エネルギー、放射線、そして核分裂生成物の三つだ。

エネルギーは、爆風となって街を破壊し、熱線となって人々を焼き殺す。

爆発の一分以内に生じる初期放射線は、爆心地周辺の住人に、豪雨のように降り注ぐと、人間の体内にまで入り込み、人々に急性放射線障害を与え、最後は死に至らしめる。

核分裂生成物は、環境中に留まり、長期間にわたって残留放射線を出し、そこで暮らす人々をむしばみ続ける。

ところが、日本が独立して二年が過ぎても、日本国民のほとんどは、

「原爆で恐ろしいのは、爆発の瞬間に生ずる爆風、熱風、そして放射能だけだ」

と言って、残留放射能の恐ろしさを認識していなかった。

そのような世間認識もあったため、第五福竜丸の乗組員たちも、

「俺たちの船は爆心から遠く離れていたし、爆風も受けなければ、熱線で火傷も負わなかったから、心配することはない」

と軽く見て、全身に浴びた白い粉のため、残留放射線で被爆することなど、考えもしなかった。

彼らの心に重たくのしかかっていたのは、

「俺たちは、アメリカの秘密実験を見てしまった」

という罪悪感に似た気持ちと、

「口封じのために、当局によって身柄を拘束されるのではないのか」

という不安感だけだった。


第五福竜丸が焼津港に着いたのは、三月十四日の午前五時半だった。

久しぶりに見る港は、朝靄にすっぽりと包まれていた。米軍の追跡をかわす目的で、無線を切ったまま航海したため、広島と長崎に次いで三度目の日本人核被爆者が出たことを、日本中の誰もが、入港当日まで知らなかった。

帰港に先立ち、十三日に、久保山無線長は焼津の船主に電報を打っていた。

「十四日朝、入る」

「十七時三〇分、三本」

という電文だけで、原爆実験を目撃したことは知らせなかった。三本（さんぼん）というのは三宅島沖にある岩礁の名前だ。

船が接岸した時、当日のセリはすでに終わっており、魚の水揚げは翌朝になった。しかし世の中、何が幸いするか分からないもので、水揚げを一日延ばしたことが、結果的に「汚染マグロ」の廃棄を可能にし、それが被害を少なくした。

第五福竜丸が所属する「富士水産」の総務部長は、船がアメリカの原爆実験に遭遇し、乗組員が「白い粉」を浴びたことを船長から聞くと、腰を抜かさんばかりに驚いた。

部長は乗組員の黒い顔をこわごわと覗き込むと、

「とりあえず、病院で診てもらうことだな」

と言って、焼津協立病院に電話を入れた。

すぐさま全員そろって病院に行ったが、日曜日のため皮膚科や内科の専門医は不在で、当直の大井《おおい》俊亮《としあき》医師しかいなかった。

彼の専門は外科だが、患者から事情を聴くと、

「原爆症だ」

と即断した。広島と長崎に原爆が落とされて以来、放射線障害を「原爆症」「原爆病」「原子病」などと呼んでいた。

皆は白血球検査を受けたあと、火傷と思われる部位にチンク油を塗布された。これは酸化亜鉛を含む白い塗り薬で、皮膚を保護し、炎症を軽くする効果がある。当時、放射線被爆者に対する治療法は確立されておらず、医師ができることは限られていた。

「白粉《おしろい》を塗ったみたいだ。まるで芸者だな」

「顔が黒いから、目立ってしかたがないよ」

「こんな顔じゃ、恥ずかしくて、外を歩けない」

彼らは互いの顔を指さし、笑いあった。

治療が終わると、焼津に家がある者は、明朝の水揚げに備え、夜明け前に船に戻る約束で、いった

ん帰宅した。

　船に残った者のうち、独身者の何人かは、暗くなると、

「飲み過ぎないようにしろよ」

「久しぶりだから、腰が抜けるくらい頑張ってこい」

「明日の水揚げに遅れないように、船に帰るんだぞ」

などという声に送られ、夜の街に繰り出した。

　十五日の早朝、乗組員の中で、外傷のひどい甲板員と機関長の二人が、東大病院で診察してもらうため、大井医師の紹介状と船の甲板から集めた白い粉を持ち、列車で東京に向かった。

　第五福竜丸の魚は、予定通り水揚げされると、静岡県内はもちろん、関東、関西、遠くは九州まで、日本各地に搬送された。

　その日の午後、大井医師は藤枝《ふじえだ》保健所に電話を掛けた。

「昨日、うちの病院に原爆病の患者が来ました。それで、どれくらい放射線を浴びたのか知りたいので、ガイガーカウンターを貸していただけないでしょうか」

　ガイガーカウンターとは放射線量を測定する機器のことだ。

「申し訳ありません。ここにはないんですよ。静岡県であるところといえば、静岡大学と沼津工業高校だけですね」

　保険所職員の言葉を聞くと、大井医師は放射線量の測定をあきらめた。

2　世紀の大スクープ

三月十五日の午後、安部光恭《あべみつやす》は「久子《ひさこ》ちゃん事件」の取材のため、焼津市から十四キロ離れた島田市の警察署に詰めていた。三月十日に島田市内の幼稚園から、六歳の女児が行方不明となり、三日後、大井川対岸の山林で遺体が発見された。

　彼は二十三歳の駆け出し記者で、読売新聞静岡支局の焼津通信部に勤務している。

「安部さん。電話が入っているよ」

　向こうのほうから、朝日新聞の記者が呼びかけた。

「はい。すぐに行きます」

　安部は署の受付窓口に行くと、暗い気持ちで受話器を上げた。電話の主は静岡支局長の倉持武雄《くらもちたけお》で、用件は記事の催促だ、と思っていた。

「お待たせしました。安部です」

「あ、小林です」

　予想は見事に外れた。電話を掛けてきたのは、「下宿のおばさん」の小林美紗《こばやしみさ》だった。

「あのねえ、ついさっき、富士水産の渡辺総務部長から、安部さんに急ぎの伝言があったんだよ」

「え、どんな伝言ですか？」

「焼津のマグロ漁船がピカドンに遭ったんだって」

美紗の言葉が、にわかには信じられず、彼は確かめた。

「ピカドンって、原爆のことですよね？」

「そうだよ。それで漁師たちが原爆病になってさ、病院で診てもらったの」

「分かりました。急いで車で戻ります」

安部は、これは大スクープだと直感し、胸が高鳴った。広島と長崎に次ぐ三番目の日本人原爆病患者が、自分が住んでいる焼津市から出たのだ。

受話器を受付に返した時、電話を取次いでくれた記者に訊かれた。

「今の電話、誰から？」

「下宿のおばさんでした」

「焼津で何か事件があったの？」

「いいえ。親父が病気になったので、これから帰らなきゃならないんです」

彼は朝日の記者を煙に巻くと、急いで玄関を出て、停まっていたタクシーに飛び乗った。

下宿に着くと、美紗が玄関の前で待っていてくれた。子供のいない彼女は、安部を自分の息子のように可愛がってくれる。

「おばさん。電話、ありがとうございます」

「渡辺さんが、急いで安部さんに知らせたほうがいい、と言ったからさ」

美紗の親類筋にあたる渡辺部長は、ちょくちょく小林家を訪れる。

安部は、さっきから訊きたかったことを口にした。

「みんなが診てもらった病院はどこですか？」

「焼津協立病院だって」

彼はすぐに病院に向かった。あいにく、大井医師は帰宅して不在だったが、当直医から、乗組員のうち重症の二人が東大病院に入院していることを教えてもらった。

つぎに富士水産に行くと、渡辺部長の部屋を訪ねた。

「さっきは、貴重な情報をありがとうございます。大急ぎで戻りました」

「真っ先に、安部ちゃんの顔が目に浮かんだもんだからね」

彼は気さくな性格で、街で会うと必ず声をかけてくれる。

安部は取材ノートを開くと、ペンを持つ手に力を込めた。

「それで、マグロ船の漁師から聞いた話を教えてください」

渡辺は、安部に椅子に掛けるように促すと、漁師たちが遭遇した事件のことを、ゆっくりした口調で話し始めた。

部長の話を聞き終えると、おそるおそる頼んでみた。

「あの、駄目ならあきらめますが、記事を書く時、参考にしたいので、マグロ船の航海日誌を貸してもらえますか」

「いいよ。安部ちゃんなら、貸すのは問題ない」

彼はいやな顔もせず、机上の日誌を手に取ると、安部に差し出した。

安部記者が静岡支局に第一報を送ったのは、午後七時四十六分のことだった。

「三月一日の早朝、焼津のマグロ漁船・第五福竜丸が、マーシャル諸島海域でアメリカの核実験に遭遇した」

「船の位置は、実験場であるビキニ環礁から東に一六〇キロほど離れており、アメリカが指定した危険区域の外だった」

「二十三人の乗組員は、爆発後に降り注いだ白い粉を全身に浴び、体に異常をきたした」

「十四日に焼津に帰ると、全員が焼津協立病院で診察を受け、原爆症と診断された」

「十五日に、重傷者二人が東大病院に入院した」

という五点を盛り込んだ記事だった。

安部が他の仕事をこなし、一息ついた時は十二時近くになっていた。

彼は茶を飲みながら、達成感に浸っていた。明日の朝刊見出しを想像すると、自然と頬が緩んでくる。

周りの静寂を破るように、机上の電話が鳴った。

受話器を耳に当てると、咎めるような声が飛び込んできた。

「安部。お前、そこで何をしているんだ？」

静岡の倉持支局長だった。

「お茶を飲みながら、昼間のことを思い出していました」

「なんだと。おい、よく聞け。マグロ船の事件は大変な問題なんだ。スクープ記事を書いたからと言って、椅子に座って感激に浸っている場合じゃないぞ。外に出ろ。すぐに行動を起こすんだ」

安部は倉持の剣幕に驚き、受話器を握りなおした。

「新聞記者というのはな、事件を取材して、記事を書けば、それで終わり、じゃないんだよ。社会の一員として、人々の安全を守ることも、大事な使命だ」

「……」

倉持が何を言おうとしているのか、まったく分からない。

「乗組員はどうしているんだ？」

「家に帰った者もいれば、街に出た者もいます」

「そんなことを許しているのか。どこか一か所に集めて、隔離しなければならん」

安部が何も言えずにいると、つぎの質問が飛んできた。

「マグロはどうなっている？」

「今朝、各地に出荷されました。残った分は、市場に保管されているそうですよ」

「だめだ。マグロは出荷させるな。すぐに捨てさせろ。人命にかかわることだ」

「それじゃ、私はどうすればいいんでしょうか？」

「今すぐ警察に行って事情を説明したら、第五福竜丸に急行しろ。乗組員は、絶対に外に出すな」

「はい。分かりました」

　安部は受話器を置くと、大慌てで出かける支度を始めた。

　三月十五日の夜、読売新聞東京本社は、静岡支局からの第一報にどよめいた。

「おい。マグロ漁船がアメリカの原爆実験に遭ったぞ」

「乗組員が原子病に罹った」

「また日本人が、原爆の犠牲になったのか」

「歴史に残る大スクープだなあ」

　そのあとすぐに、十六日付朝刊トップの記事が、青森県野辺地駅での米軍ジェット機墜落事故から「ビキニ事件」に差し替えられた。

　当夜の社会部デスクは幸運にも、元旦から連載された『ついに太陽をとらえた』という原子力関連の企画を担当した辻本芳雄《つじもとよしお》次長だった。

　辻本は地方部から回って来た第一報を読むと、しばし考えた。

　今回は読売が、ビキニ事件の報道をリードすることができるが、間もなく他社に追い付かれ、同じ線に並ぶことははっきりしている。もう一度、他紙との水をあけるためには、新たな情報を記事に盛り込まなければならない。

　今後の方針が決まると、夜勤の中沢道明《なかざわみちあき》記者の席に行った。

「中沢君。俺はね、マグロ漁船がビキニで目撃したのは、原爆実験じゃなくて、水爆実験だと思うんだよ」

「どうして水爆なんですか？」

「船が危険区域の外にいたのに、乗組員が原爆病に罹ったことが引っかかるんだよ。原爆よりずっと威力の大きな水爆だったのじゃないかな。だからアメリカも予想を外したんだ」

「なるほど。言われてみれば、それも一理ありますね」

「あれが水爆だったことを証明するには、漁船に降り注いだ白い粉を化学分析しなきゃならん。だけど、それには日時が掛かる」

　辻本は言ってから、中沢の肩に手を置いた。

「頼む。すぐに武谷三男《たけたにみつお》教授の家に行って、水爆だという確証を取ってきてくれ。そうすれば、しばらくは読売が独走できる」

　辻本は企画ものを連載した時、数度にわたり武谷教授を取材したことがあった。

　立教大学理学部の武谷教授は太平洋戦争中、世界的に著名な仁科芳雄《にしなよしお》博士の研究室で核分裂の研究を行なっていた。戦争が終わったあとも、日本における核物理学の第一人者であり、世界各国の核兵器開発にも精通している。

「了解しました。すぐに教授宅に向かいます」

　中沢はバッグを掴むと部屋を飛びだした。

辻本デスクがつぎに向かったのは村尾清一《むらおきよかず》記者の席だった。

「村尾君。カメラマンと一緒に東大病院へ行ってくれないか」

「はい。いいですけど。何を取材しに行くんですか？」

「原爆病になった漁師のうち、重症の二人が入院しているんだ。彼らを見つけて、取材してくれ。写真も頼む」

村尾は同僚の記者と一緒に、カメラマンを連れて、病院に駆け付けた。

同僚記者は、初めから乗り気ではなかった。

「患者の名前が分からないから、探すのは無理だよ」

しかし村尾は、やる気満々だった。

「看護婦詰め所に行って、教えてもらえばいい」

彼は一階の看護婦詰め所のガラス窓を叩いた。

「あの、今日入院した二人の患者さんで、静岡県から来た人はいませんか？」

窓口の看護婦は奥に行くと、眼鏡をかけた看護婦長と一緒に戻ってきた。

「あなたたちは？」

婦長が胡散臭い目を向けた。

「読売新聞の記者ですが……」

彼女は彼に最後まで言わせず、ぴしゃりと拒絶した。

「入院患者個人のことは教えられません」

それでも村尾は食い下がった。

「大変な事件が起きたんです。詳しい事は言えませんが、今日入院した二人の患者から話を聞いて、今後の対策を立てることが、社会のために、とても役立つんです。どうかお願いします」

婦長は何も言わずに、村尾の顔を見つめたままだった。しばらくして、納得したように頷くと、机上にあったノートを村尾に差し出した。

「これが入院患者の名簿です」

「ありがとうございます。助かります」

村尾は、米つきバッタのように何度も頭を下げると、ノートを押し頂いた。

「あとで問題が起きても、私たちは関係ありません。あなたが看護婦詰め所に忍び込んで、名簿を盗み見したことにしてください。よろしいですね」

看護婦長はしっかり念を押すと、奥に戻っていった。

村尾は名簿を開き、上から順に入院患者の名前に目を走らせた。

「これだ」

探していた入院患者は、五行目にあったが、

「増田三次郎《ますださんじろう》、山本忠司《やまもとただし》、焼津」

という記載だけで、病室番号はどこにもなかった。

彼は、窓口に名簿を返す時、看護婦に訊いた。

「入院患者の病棟は何階ですか?」

「二階と三階です」

三人は階段を駆け上がり、二階にやって来た。

村尾は最初の病室に着くと、引き戸の横を見て、落胆の声を上げた。

「なんだあ。患者の名前は書いていないのか……」

「ねえ、やっぱり帰ろう。これじゃ取材は無理だよ」

同僚記者が、またもや弱音を吐いたが、村尾はあきらめず、

「増田さーん、山本さーん」

と連呼しながら、端から順に奥へ向かった。

最後の病室に着いても、どこからも返事はなかった。

村尾は廊下を戻り、三階に上がると、患者の名前を呼びながら、奥に向かって進んでいった。

すると、突き当りの病室から、「はい」という返事があった。

「おお、いたぞ」

彼は興奮した声を上げると、戸を少しだけ開け、中の様子を窺った。

病室には二人の患者がいた。手前の患者は仰向けになっていたが、壁際の患者は眠っているのか、
こちらに背中を向けてじっとしている。

村尾は引き戸を大きく開けた。

「夜分に失礼します」

手前の患者がベッドから上半身を起こし、不思議そうな顔でこちらに目を向けた。

「私は読売新聞の記者で……」

村尾は患者の「黒い顔」を見ると、衝撃のあまり、言葉を詰まらせた。黒い顔といっても、ふだんよく見る褐色の日焼け顔とはまったく別もので、大きくて黒ずんだ斑点が、シミのように、顔全体にいくつも広がっていた。

村尾は、彼は原爆実験の灰で焼かれたんだ、と直感し、「死の灰」という言葉を頭に浮かべた。以来、この言葉は、核実験や原発事故などにより地上に降下した「放射性降下物」の代名詞となった。

彼は気を引き締めると、

「あの、原爆実験を見た時のことを聞かせてもらえますか？」

と頼み込んだ。

患者が頷いたのを見ると、三人は病室に足を入れた。


一方、武谷教授への取材は難航していた。

中沢が教授宅を訪れたのは、朝刊の最終締め切りまであと四時間という時刻だった。あいにく教授は不在で、彼は書斎で待たせてもらうことにした。

不運なことは重なるもので、それから十分ほどして、なんと朝日新聞の記者が現れたのだ。

「あれ、中沢さんじゃないですか」

こちらは初対面だったが、向こうは中沢を知っていた。

「朝日新聞学芸部の竹本《たけもと》です。偶然ですね。同じ時間に、同じ相手を取材するなんて」

竹本は、中沢にはお構いなく一人で話し続ける。

「今度、『原子力の平和利用』という連載物をやることになりましてねえ。それで、海外の原子力発電所について、武谷教授に取材に来たわけです」

そのあと、中沢に訊いた。

「おたくは？」

「核兵器の種類とその威力について、分からないことがあるので、教えてもらおうと思って……」

中沢は当たり障りのない返事をした。間違っても、「ビキニ環礁」「核実験」「焼津」などというキーワードを出すことはできない。

中沢は上着のポケットを探ると、

「あ、切らしてしまった。タバコを買いにいかなくちゃ……」

と言って、書斎を飛び出した。

外に出ると、公衆電話で辻本に現在の状況を話し、今後のことを相談した。

「教授と適当な話をして、締め切り時間が迫ったら、朝日の記者に怪しまれないように帰社しろ」

というのがデスクの指示だった。

中沢が武谷宅に戻り、書斎で待っていると、締め切りまであと二時間という時刻に、教授が帰宅した。

「インタビューは一緒でもいいのだろうか。それとも別々にする？」

教授の問いかけに、先に答えたのは中沢だった。

「一緒で結構です」

インタビューを別々にした場合、締め切り時間を考慮すると、

「読売を先にしてもらえませんか」

と頼まなければならない。しかしそれを言うと、朝日の記者にスクープを感づかれる恐れがある。

「私も一緒で構いません」

竹本も同意した。

すぐにインタビューが始まったが、中沢の予想通り、朝日と読売が一緒に取材するはずが、竹本の独壇場になった。

武谷教授は、竹本の幼稚な質問に笑いもせず、いちいち資料に当たって、丁寧に答えている。

中沢は、竹本と教授のやりとりを聞いているふりをしながら、頭の中で、自分の質問内容と口に出す順序を整理していた。

しばらくすると、さすがの竹本もネタ切れになったらしく、

「中沢さん。遠慮しないで、取材をどうぞ」

と言ってくれた。

中沢は、竹本に対する「目くらまし」の目的で、世界各国の核兵器開発に関する一般論から始めた。最初から「水爆」の話題を持ち出すわけにはいかない。

「広島と長崎のあと、世界の核兵器もかなり進歩したんでしょうね」

教授は本棚から、海外で出版された学術雑誌や単行本を取り出すと、そこに出ている図表を見せながら、解説してくれた。

中沢は教授の話に耳を傾け、時々メモを取りながら、いくつか質問を重ねた。そうしながら、話題を少しずつ、水爆の話に誘導していった。

「アメリカに次いで、去年、ソ連も水爆実験に成功しましたよね。それ以外の国、例えばイギリス、フランス、中国はどうなんでしょうか」

「その三か国は、現在まで水爆実験を実施していない。しかしイギリスは、二年前に原爆実験に成功しているから、水爆を持つことは時間の問題だなあ。フランスと中国は、まだ原爆実験もやっていないから、水爆を持つとしてもイギリスよりずっとあとになる」

つぎは、第五福竜丸が遭遇したビキニ核実験の規模を知るために、広島原爆の威力を話題にした。

「広島に原爆が落とされた時、爆心地から遠く離れた場所にも放射性物質が降りましたよね」

「そのとおりだ。爆心地から半径二十キロの範囲にわたって降ったよ」

中沢は、「半径二十キロ」という教授の言葉に力を得ると、肝心の質問を口にした。

「広島に投下されたのが水爆だったとしたら、放射性物質の降下範囲は、二十キロよりもっと広くなったんですか?」

「格段に広くなったはずだ。爆心地から三百キロ離れたところでも降っただろうね。何しろ水爆は、原爆より数百倍も威力が大きいから」

教授の言葉を聞いた時、中沢は、心の中で万歳を叫んだ。

焼津通信部からの報告によると、乗組員が核実験を目撃した時、マグロ船の位置は爆心のビキニ環礁から一六〇キロも離れていた。それでも全員が、白い粉を浴びて原爆病に罹ったのだ。この事実は、ビキニで炸裂したのが水爆だったことを、明確に裏付けている。水爆ではなく原爆の実験だったなら、放射性物質の降下範囲は、爆心から二十キロ程度になるため、乗組員たちは原爆病に罹らなかったはずだ。

中沢はちらりと壁の時計を見ると、

「あ、時間だ。青森に転勤になった友だちを見送りに、上野駅まで行かなければならないんです」

と言って、腰を上げた。

彼はタクシーを飛ばして帰社すると、トップ記事のリードを、

「武谷三男教授は、ビキニ環礁の核実験を水爆実験であると断定した」

と書き始めた。

最終版の締め切り時刻まで一時間を切っていた。

一九五四年三月十六日、読売新聞の朝刊を読んだ国民は震撼した。

社会面のほぼ全面を埋めたトップ記事には、

「邦人漁夫、ビキニ原爆実験に遭遇」

という主見出しが躍り、そのあとには、

「二十三名が原子病、一名は東大で重症と診断」

「水爆か」

「死の灰つけ遊び回る」

「焼けただれた顔、グローブのような手」

などの袖見出しが続いている。患者の「黒い顔」の写真は全国の読者に水爆の恐怖を植え付けた。

この世紀のスクープ記事は、

「日本の読売新聞の報道によれば」

というクレジット付きで、世界各国の新聞に転電された。

3 混乱の焼津

十六日の朝、船室で眠っていた又七は、外の騒がしさで起こされた。甲板で大勢の足音が入り乱れ、乗組員の怒声が飛び交っている。

「なんだ。お前たちは」

「こらあ。勝手に船に上がるな」

「ここは俺たちの縄張りだ」

又七が外に出て甲板を見ると、二人の乗組員が、数人の見知らぬ訪問者に囲まれていた。そのうちの一人が、又七を見ると、こちらにやって来た。腕章を見ると毎日新聞の記者だった。

「第五福竜丸の乗組員の方ですか」

「そうだ」

「原爆実験を見たそうですね。その時のことを聞かせてください」

「えっ、知ってるのか？」

「今朝の読売新聞に載っていますよ」

又七は愕然とした。みんなで隠そうとしていた出来事は、新聞記事となって日本中を駆け巡っていたのだ。

岸壁に目を向けると、市や県の職員たちなど大勢が集まり、船を指さしながら声高に話している。一団から離れたところでは、白衣姿の塩川孝信《しおかわたかのぶ》・静岡大学教授がガイガーカウンターで岸壁の放射能を調べていた。

塩川は船の歩み板に足を掛けると、検出器を手に握ったまま、足早に上がってきた。ガイガーカウンターは、放射線に反応すると、信号音を出す仕組みになっている。船体に近づくにつれて、「ガー、ガー」

という音が次第に大きくなり、彼が甲板に足を下ろした時は「バリ、バリ、バリ」という連続音になっていた。

教授が又七の足元に検出器を向けると、大きな音と共にメーターの針が振り切れた。

「これは、ひどい」

教授は青ざめ、

「ここは放射能にすごく汚染されている。危険だから、すぐに船を下りたほうがいい」

と、そこにいる記者たちに勧めた。

毎日新聞の記者は、インタビューを中断し、慌てて船を下りた。他社の記者たちも、一緒に彼に続いた。

そのあと船内を調べると、船室内部、はえ縄が積まれているボートデッキ、船尾甲板などから、強い放射能を検出した。驚いたことに、船体から三十メートル離れた岸壁でも、カウンターは反応した。

乗組員についても、放射能検査を実施すると、そのうちの二人から、とりわけ強い放射能を検出した。心配になった塩川は、ガイガーカウンターを持参して、当該乗組員の家を順次訪れた。

彼の不安は的中し、風呂場や便所でも放射能を検出した。

「体内被曝している」

教授は声を震わせた。

二人の乗組員は、放射性物質を含む大気や粉じんを、呼吸によって吸い込んだり、皮膚を通して吸収したりしたため、それから発せられる放射線を体内で受けている。放射性物質を体の中から取り除かない限り、この先ずっと放射線被ばくを受け続けるのだ。

教授は大きな衝撃を受けたが、事実を公表すれば、一層の不安と混乱を招くと思い、調査結果は発表しないことにした。

船に戻ると、船長に忠告した。

「船をここに置いたままでは非常に危険だから、よそに移したほうがいい」

船長は第五福竜丸を、他の船や人家から離れた別の岸壁に移動した。さらには、見張りの警官に立ってもらい、人が近づかないようにした。

その当時、一般の人々は放射能に関する知識がほとんどなかった。

親は子供に、

「原子病がうつるから、あの連中のそばに行くんじゃないよ」

と言い含めた。

第五福竜丸の乗組員は、伝染病患者のように恐れられ、商店で物を買うにも難儀した。必然的に行動を共にしなければならず、下船しようとしていた者もあきらめて、船に残らざるを得なくなった。

「俺、くやしいよ。なんでこんな目に遭わなきゃならんのだ」

「そうだよ。俺たちは、好き好んで原爆病になったわけじゃないのに……」

「被害者なのに、加害者の扱いだ」

みんなは自分たちの不運を嘆き、恨み言を口にした。

この日を境に、焼津の町は一変した。市役所には「第五福竜丸対策本部」が設置され、報道関係者、医療関係者、政府や大学の調査団など、外部の人間が大勢詰め掛けた。

漁業組合には、市内各所から電話が殺到した。

乗組員が利用した銭湯からは、

「客が来なくなった。どうしてくれるんだ」

という怒りの言葉を浴びせられた。

理髪店からは、

「原爆病は、切った髪の毛からもうつるんですか?」

と質問され、

歓楽街の女性からは、

「昨夜、あの船の乗組員と一緒に泊まったんです。私の体は大丈夫ですか?」

という深刻な相談が寄せられた。

ビキニ事件の余波は大阪にも伝播した。

大阪市立大学医学部の西脇安《にしわきやすし》助教授は、新聞で事件を知ると、ガイガーカウンターを携え、研究室の助手と共に大阪中央市場に駆け付けた。彼は、初め核物理学の研究を行なっていたが、戦後は放射線生物学に転向し、理学博士と医学博士の学位を持つ異色の研究者だ。

焼津から送られてきたマグロに、助手が検出器を向けると、いきなり二〇〇〇カウントの数値が示され、「ガー、ガー、ガー」という連続音が鳴り響いた。「二〇〇〇カウント」とは、一分間当たり二〇〇〇回もの信号音が出たことを示している。

その場にいた者は、

「魚が泣いている」

と言って顔を見合わせた。以来、放射能に汚染されたマグロは「泣く魚」と呼ばれるようになった。

西脇は、より精密に検査を行なうため、マグロから三センチ平方の魚肉を切り取ると、実験室に持ち帰った。

魚肉の検査結果は驚くべきもので、六〇〇〇カウントという高い数値が示された。

不安を覚えた彼が、すぐに中央市場に問い合わせると、

「焼津から搬送されたマグロは全部で十七匹です。そのうち二匹は、もう富田林《とんだばやし》の店で販売されています」

との回答を得た。

大阪府公衆衛生課の職員が富田林の店に急行し、残品のマグロを検査すると、六四〇〇カウントの放射能を検出した。残っていたマグロは直ちに廃棄された。

もう疑うべくもなかった。ビキニ近海で獲れたマグロの体内には、放射性物質が蓄積されているのだ。

西脇は、マグロがこんなに汚染されているのだから乗組員の被爆は相当なものだ、と思い、調査装備

一式を携え、妻と一緒に夜行列車で焼津に向かった。

翌三月十七日、第五福竜丸の乗組員二十一人は、焼津北病院に入院した。この病院は、町から遠く離れているため、患者の隔離に適している。彼らの衣類や持ち物は一か所に集められ、病院の中庭に埋められた。被災者の診療は、焼津協立病院の医師たちが、交代で当たることになっていた。

同日、米国はようやくビキニ環礁の水爆実験を認め、米国誌『タイム』が、

「三月一日のビキニ水爆実験は、広島型原爆の五百倍の威力で、TNT火薬一千万トンに相当する」

と報道した。

日本の夕刊各紙には、

「アメリカのダレス国務長官が第五福竜丸事件について、『不幸な事故である。この事件について、私は今朝知ったばかりで、どう処理するか考えていない』と述べた」

という記事が載った。

ビキニ事件は国会でも取り上げられた。

船が三月一日に操業した範囲や被爆した位置が問題になり、野党からつぎつぎと質問が出たが、政府は即答できる情報を持っていなかった。

というよりは、日本政府は初めから消極的で、核実験によって日本人漁夫に二十三人もの被爆者が出たというのに、米国の責任を追及する気はなかったのだ。

「場合によっては国際司法裁判所にも提起する、というくらいの腹を持って、外交方針を立ててもらいたい」

と迫る川崎秀二《かわさきひでじ》衆議院議員に対して、岡崎勝男《おかざきかつお》外相は、

「お話のような国際司法裁判所などというところまで行かずに解決する、と私は思っております」

と、まるで他人事のように答弁した。

一九九一年に公開された日米外交文書には、ビキニ事件の処理に苦慮していた日米政府の生々しいやりとりが記されている。

「核実験は不法行為ではない」

と突っぱねる米国政府に対し、日本政府は日米関係の悪化を危惧し、うろたえていた。

なぜ日本政府は、米国に対して強気に出ることができなかったのか。その理由は当時の時代背景にある。

第五福竜丸が被爆した一九五四年はまさに、

「核実験による死の灰の恐怖」

「原子力の平和利用によるバラ色の未来」

という、真逆とも思える二つのテーマが交錯した時代だった。

その頃、日本政府内では原子力研究の再開機運が高まっていた。先頭に立っていたのは、当時としては数少ない理系出身の前田正男《まえだまさお》議員だった。彼は米国政府の招待で渡米すると、のちに世界的な原

子炉メーカーとなるゼネラル・エレクトリック社（GE）の研究施設を視察した。

　前田は帰国すると、報告会で力説した。

「これからの日本には、エネルギー源として絶対に原子力が必要です。米国政府もわが国の原子力発電所建設を大いに勧めてくれました」

　ソ連はモスクワ郊外で、世界初の原発建設に着手し、自国の発電技術を、外国に提供する原子力外交に力を入れようとしていた。将来的には原子炉を、ポーランド、チェコ、ルーマニア、東ドイツなどの東欧諸国や中国に提供し、いわゆる「共産圏の核ブロック」を構築するつもりだった。

　米国政府は、このままでは核独占の優位性が崩れてしまう、と危機感を抱き、自国の発電技術を売り込むために、日本の原発建設計画を強力に後押しした。

　当時の日本は、実質経済成長率が十二パーセントほどもあり、産業用の電力供給が追いつかず、頻繁に停電が起こっていた。経済界からも、電力源として原子力を使うべきだ、との強い意見が出ていたため、前田議員の帰国報告は時宜を得ていた。

　しかし国民の中には、原子力発電所の「原子」から原子爆弾を連想し、「原子力アレルギー」を持つ者も少なからず存在した。

　そこで産官は一体となり、国民に、

「発電に使う原子力は、原子爆弾とは全く別のものだ」

と認識させるため、啓発活動を推進した。

それが功を奏し、

「原子力発電所は、国民に幸せをもたらす夢のエネルギーを産みだす工場である」

という考え方が国民の間に、徐々に浸透していった。

こうして、日本の原発建設計画は着々と進み、一九五四年三月四日、戦後初となる原子力予算を盛り込んだ修正予算案が、衆議院本会議において賛成多数で可決された。その時、被爆した日本のマグロ漁船が、無線を切ったまま焼津に向かっていることなど、国会議員の誰一人として知らなかった。

振って湧いたようなビキニ事件が、国会で取り上げられたのは、原子力予算が通過した日から、わずかに十二日後のことだった。原発建設の技術援助や燃料ウランの調達を、すべて米国に頼らざるを得ない日本政府としては、事件による日米関係の悪化は、なんとしてでも避けたかった。

焼津には、いくつもの調査団が訪れたが、その中に、東京大学医学部放射線科の中泉正徳《なかいずみまさのり》教授が率いる特別調査団があった。

実は、この中泉教授こそが、第五福竜丸の命を救った人物なのだ。

三月二十二日に、海上保安庁を通じて、米軍から焼津の船主に、

「第五福竜丸を横須賀の米軍基地に曳航して、爆破処分したい」

という申し入れがあった。

また安藤正純《あんどうまさずみ》国務大臣は、焼津を訪れた際、

「政府といたしましては、第五福竜丸の船体は三か月ほど係留して、研究に使う部品を取り除いたあと、沖合に沈めるか、焼却または埋没するなどの処分を考えています」

と発言した。

できるだけ早期にビキニ事件の幕を引きたかった日米両政府にとって、被爆漁船は「目の上のたんこぶ」以外の何物でもなかった。

両国政府の方針に、猛烈に異議を唱えたのが、中泉教授だった。

「爆破したり、焼却したりするなど言語道断だ。第五福竜丸は、貴重な研究材料として、日本政府が買い上げるべきだ。船に残っている放射能の減り方を調べると、今後の研究に、大いに役に立つ」

というのが彼の意見だった。

かくして船は延命し、政府によって、二一〇万円で買い上げられた。

八月二十二日、漁具や装備が取り外され、抜け殻同然になった船体は、海上保安庁の巡視船「しきね」に曳航されて、焼津港をあとにした。

そのあとは文部省の管理下に置かれ、東京水産大学（現・東京海洋大学）の品川岸壁に係留されると、二年近くにわたり、船上で魚を飼い、朝顔を育てるなどして、残留放射能の調査が行なわれた。

一九五六年五月、船体の精密検査により、安全性が確認されると、第五福竜丸は、大学の練習船へと改造するために、三重県伊勢市の造船所に回航された。船名を布で隠して入港したが、新聞報道などで第五福竜丸であることが発覚すると、伊勢市民たちは被爆の恐怖におののいた。

改造を引き受けた造船所の工員たちは、

「第五福竜丸の改造工事、断固反対」

というビラを、作業場の壁に貼って抵抗した。

しかし造船所の強力善次《ごうりきぜんじ》会長は、

「この仕事は誰かが引き受けなければならない」

と工員たちを説得し、彼らのために放射能の勉強会を開いたあとで、改造作業にあたらせた。

第五福竜丸は、甲板を張替え、船室やブリッジの改装と学習室の設置が完了すると、全体が白く塗装されて、船名も「はやぶさ丸」に改められた。はやぶさ丸は千葉県の館山を母港に、十一年間にわたって、東京水産大学の練習船として活躍した。

4　二人の科学者

三月十六日の夜に大阪を出発した西脇夫妻は、翌朝早く、係留されている第五福竜丸の前にやって来た。乗組員はすでに入院していたため、船内は無人で、岸壁に見張り役の警官が立っているだけだった。

若い警官は差し出された名刺を見ると、姿勢を正し、敬礼をした。

西脇はそばで待っていた妻に、持参した布袋を手渡した。

「ジェーン。僕はこれから病院に行って、彼らを診るさかい、君は船の中からサンプルを採集して、これに入れてくれへんか」

ジェーンは青い目を瞬かせると、夫に訊いた。

「何を集めればええの？」

「落ちているものなら何でも」

「分かったで。まかしとき」

彼女は流暢な関西弁で答えると、布袋を手に提げ、船の歩み板を上っていった。

米国人のジェーン・フィッシャーは、父が牧師だった影響もあり、大学卒業後は教会が公募したピースワーカーの一員として、終戦後の日本にやって来ると、ボランティア活動を通じて、日本の復興に貢献した。西脇と結婚してからは、毎日研究室に通い、夫の仕事を献身的に手伝っている。

その夜、西脇は旅館で、昼間に集めたデータを前にして考えていた。ジェーンは夕食後、風呂に入ると、一足先に布団に入り、もう寝息を立てている。

「厨房にあったキャベツの切れ端から一九九カウント」

「死んだゴキブリは二七七八」

「タバコの吸い殻は七一〇か……」

妻が集めたサンプルの測定値を、一つ一つ口に出していたが、

「作業用軍手から一万四二二二。碇綱《いかりづな》から六万六五四〇」

と読み上げた時、声を詰まらせた。

「かわいそうに」

核実験の当日から二週間以上が経っているというのに、これほど強い放射能が残っていることに驚愕し、過酷な条件下で作業を強いられた乗組員たちを憐れんだ。放射能の自然減衰や雨風にさらされて洗い流されたことを割り引くと、被爆直後の放射線量は、この数十倍はあったはずだ。

乗組員が浴びた白い粉の正体については、東大の研究者が、

「はっきりしたことは、化学分析しなければ分かりませんが、見た感じでは、水爆の高熱により、硬いサンゴの骨格が柔らかい酸化カルシウムに変わり、粉末状になったものと思われます」

という意見を述べた。

しかし真の敵は、核爆発によって生じた目に見えない放射能であり、白い粉に含まれている放射性物質なのだ。核物理学と医学の知識を併せ持つ西脇は、内部被曝者を治療するためには、患者の体内にある放射性物質の種類を知ることが必須である、と考えていた。

「何としてでも、彼らを救わなきゃならん」

彼は言いながら立ち上がった。

部屋を出て、旅館の帳場に行くと、中にいた番頭に声を掛けた。

「あの、長距離電話をお願いします」

電話の先は「ＡＰ通信社」の東京支局だった。

支局に繋がると、電話に出た女性に英語で依頼した。

「私は大阪市立大学医学部の西脇安という研究者です。ビキニの水爆実験で被爆した漁師たちを治療するためには、彼らの体内にある放射性物質の名前を知る必要があります。それで、『米国原子力委員会』への公開質問状を、そちらの支局を通じてアメリカの新聞に載せていただけないでしょうか」

彼は並外れた語学の才能を持ち、英語はもちろん、ドイツ語、フランス語、ロシア語の四か国語を使いこなす。

「支局長は帰宅して不在ですから、明日の昼にもう一度お電話をください」

「分かりました」

西脇は、改めて電話を掛けることにした。


翌十八日の昼前、原爆調査委員会（ＡＢＣＣ）のモートン所長を団長とした、医師や血液学者などで構成された米国の調査団が、焼津北病院にやって来た。

しかし彼らは、患者の顔を見ただけで、診療や調査は何も行なわず、モートン団長が、

「マグロ船の漁夫は、二、三週間、長くても一か月もしたら治るだろう」

と言っただけだった。

さらには、家族や記者団でごった返している病院の待合室を見て驚き、

「飛行機を提供するから、もっと設備の整った病院に入院したらどうか」

と院長に申し出た。

焼津北病院の院長が口を開く前に、その時居合わせた協立病院の柘植《つげ》院長が、

「その必要はありません。被災者は協立病院の医者が治療します」

と強い口調で断った。

あとで柘植院長から話を聞いた患者たちは、

「飛行機を出すというのだから、アメリカの病院に連れて行く気だったんだ」

「そうなったら、何をされるか分からないなあ」

「人体実験されて、しまいには殺されるぞ」

「平気で原爆を落とす国になんか、絶対に行くもんか」

などと言い合った。


昼食後、又七は二階の食堂で今朝の新聞を読んでいた。さっきまでいた仲間たちは、昼食を終えると病室に引き揚げ、食堂内には他に誰もいなかった。この食堂は、一般の入院患者が使うことは禁止されている。

「あの、今、よろしいですか?」

開け放された入り口のほうから、声を掛けられた。

振り向くと、一目で外来者と分かる服装の、四十歳くらいの男性が廊下に立っていた。顔は色白で、

知的な目が眼鏡の向こうで輝いている。病院関係者以外の人間を、二階で見たのは初めてだった。

　又七が会釈をすると、男性はそばに来て、立ったままで訊いた。

「第五福竜丸の方ですか？」

「そうですけど」

　男性の顔がほころんだ。

「私はこういうものです」

　と言いながら、懐から名刺を取り出すと、又七の前にそっと置いた。

　名刺を見ると、

「立教大学理学部、核物理学研究室教授、武谷三男」

　と記されている。

「俺は大石又七です」

　又七は自己紹介をしてから、向かいの椅子を指し示した。

　武谷は腰を下ろすと、心底から笑顔になった。

「ああ、よかった。あなたがいてくれてよかったです」

　又七は読んでいた新聞を脇にどけながら訊いた。

「俺に用事があるんですか？」

「はい。第五福竜丸に乗っていた人から、教えてもらいたい事があるんです。でも、看護婦詰め所で、隔離病室に入るのは禁止されています、と言われました。あきらめて帰ろうかと思ったんですが、もしやと思って、食堂に来てみたんです」

「教えてもらいたい事って？」

「水爆が爆発したあとで、原子雲つまりキノコ雲を見ましたか？」

「俺は見たけど」

又七の答えを聞くと、武谷は身を乗り出した。

「形は？」

「キノコ雲の上に別のキノコ雲があって、全部で三段くらいになっていた。いや四段だったかもしれない」

武谷の目の色が変わった。

「キノコ雲は二つじゃなかったんですね？」

「絶対に、二つじゃなかったです。もっと多かったです」

又七は断言した。

武谷は満足そうな顔をした。

「そうでしたか。……これで疑問が解消した。ここまで来たかいがありました」

キノコ雲の数から、一度の核実験での爆発回数を推測することができる。今聞いた目撃談によると、ビキニ水爆では、少なくとも三度の爆発が起きていた。武谷も、爆発は複数回あったと思っていたが、何回起きたのか分からなかった。

又七はこの時とばかりに質問した。

「あの、俺、よく分からないんだけど、水爆は原爆と違うんですか？」

新聞で水爆の記事を読むたびに、疑問に思っていた。

「はい。まるで違います」

又七は姿勢を正すと武谷に頼み込んだ。

「どんな風に違うのか、俺でも分かるように説明してくれますか？」

大学教授から直に話を聞く機会など、これが最初で最後になるだろう。

「いいですよ」

武谷は、学生に教える時のような眼差しを又七に向けた。

「原爆というのは、原子核が、連鎖反応的に分裂を起こす時に出るエネルギーを利用します。しかし水爆は、軽い原子核同士が融合して、より重たい原子核に変わる時に出るエネルギーを使います。原爆と水爆、どちらも膨大なエネルギーが出ますが、それを発生させる方法は全く逆なんですよ」

「ゲンシカクって何ですか？」

「物質はすべて、原子で構成されています。原子の中心にあるのが、陽子と中性子が結びついた原子核です」

又七が理解できずにいると、武谷が笑顔になった。

「手っ取り早く言えば、原爆は離婚で、水爆は結婚なんですよ。一心同体の二人を引き離す離婚も、別々の二人が一緒になる結婚も、どちらも大きな変化をもたらすでしょう」

又七はきょとんとした顔をした。武谷の言った例え話は、独身のうえ、恋人もいない彼には、ピンとこなかった。

武谷は又七の顔を見ると、申し訳なさそうに謝った。

「あ、ごめんなさい。かえって分からなくなりましたね」

その時、大きな声と共に、誰かが中に入ってきた。

「あれー、武谷先生」

武谷は驚いて、声がしたほうに目を向けると、

「あー、西やん」

と叫び、腰を浮かせた。

食堂に入って来たのは西脇助教授だった。終戦前の三年間、大阪帝国大学理学部の助手だった西脇は、何度も上京して理化学研究所を訪ねると、尊敬する武谷に、研究の助言を仰いでいた。武谷も、五歳下の西脇のことを「西やん」と呼んで、自分の弟子のように可愛がった。

「さっき看護婦さんから、東京から来た大学の先生が食堂で患者さんと話しています、って聞いたから、誰だろうと思って来てみたんです。まさか武谷先生とは、思いもよりまへんでした」

「この前、西やんに会ったのは、京都の学会の時だっけ?」

「はい。会うのは五年ぶりです」

「ところで西やんは、どうしてこの病院に……」

武谷の言葉は、西脇の興奮した声に遮られた。

「いやー、わしは腹が立って、腹が立って、仕方がおまへん」

そのあと西脇は、大阪の市場でマグロの放射能検査を実施した事、乗組員を診るために焼津に飛んできた事、妻が船の中からサンプルを採集した事、そしてＡＰ通信社の東京支局に電話した事などを一気に話した。

西脇が話し終わると、武谷は間髪を入れずに訊いた。

「それで、通信社はどんな返事をくれたんだ？」

武谷にとっても、通信社の返事はぜひとも聞きたい情報だった。

「約束通り今日の昼に電話したら、支局長から、本国政府からの通達により、国家機密に関する公開質問状は掲載できません、と言われて、門前払いされました。今思い出しても、むかつきますわ。被爆者を治療するためには、水爆実験で生じた放射性物質の名前を知る必要がありますって、わしが必死で頼んでも、だめやった」

「やっぱりなあ」

武谷はあきらめたような表情を浮かべた。

「支局長が断るのも、無理はないよ。例え、質問状が新聞に掲載されたとしても、アメリカの原子力委員会が回答するはずがない。爆発で生じた放射性物質が明らかになると、水爆の原料が分かるから、爆弾の構造がばれてしまう」

時代は米ソ軍拡競争の真っただ中にあり、米国は、水爆の構造や起爆システムなど、詳細な情報がソ連に漏れることを極度に警戒していた。

一方のソ連も、敵国の米国がビキニで実施した水爆実験に関する情報を探ろう、と必死になっていた。そのような時局を反映して、米国政府内では、

「第五福竜丸の乗組員はソ連のスパイであり、核実験の秘密を探る目的で、危険区域に入って調査をしていた」

という話が囁かれ、

「最近、ツチヤというアメリカの手先らしい日本人が、乗組員の家を訪問し、ソ連人がこの辺りに来たことはないですか、と訊き回っているよ」

と話す焼津市民まで現れた。事の真偽は定かではないが、広島に原爆が落とされた時、アメリカの調査団に先んじて、ソ連のスパイが被災地を調べた事実を考えると、市民の話も、作り話だと言い切ることはできなかった。

武谷の意見を聞いても、西脇の怒りは収まらなかった。

「要するにアメリカ政府は、日本国民の命よりも、自国の国家機密のほうが大事なんですわ」

「そりゃそうだ。広島・長崎の原爆の時も同じだった」

原爆投下後に訪れた米国の調査団は、被爆者の診察は行なったが、カルテは本国に持ち帰り、日本の医師団には診察結果を一切教えなかった。

米国政府は、日本国民の命は二の次で、ソ連との核戦争に備え、自国民の治療に日本人被爆者の調査結果を役立てることしか眼中になかったのだ。広島・長崎の被爆者は、米国調査団から、実験に使われるモルモットと同じ扱いを受けたことになる。

武谷は険しい表情になると、西脇に質問した。

「それで、ここにいる乗組員の症状はひどいのか？」

「そりゃ、ひどいもんですわ。全員が内部被爆をして……」

西脇は、又七が向かいに座っていることに気がつくと、途中で話すのを止めた。

それまで二人の話を聞くだけだった又七が、ようやく口を開いた。

「そのことだったら、昼前にアメリカの調査団が来た時、モートン団長から、二、三週間で治る、って言われたんですけど」

西脇の顔色が変わった。

「えっ。そんな無茶な。なんちゅうアホなことを言ったんじゃ」

彼の言葉は怒気を含んでいた。

武谷は又七の顔に視線を固定した。

「大石さん。モートンが言ったことは、忘れたほうがいいです。アメリカは、広島・長崎の原爆被災者について、被爆の程度を矮小化しました。今回のビキニ事件でも、同じことをやる気なんですよ」

西脇が拳を振り上げた。

「馬鹿にしてるやないか。彼らの考え方は、占領期と何も変わっちゃいない」

言ってから、悔しそうに歯噛みをした。

武谷はテーブルの反対側に行くと、又七の肩に手を置いた。

「大丈夫です。いくらアメリカが隠しても、われわれ科学者がビキニ水爆の秘密を暴きます。東大の木村研究室では、死の灰の分析に取り掛かろうとしています」

三月十五日、二人のマグロ漁船員と共に上京したサンプルは、直ちに東大の木村研究室に運ばれた。この研究室を主宰する木村健二郎《きむらけんじろう》教授は、放射性元素分析の世界的権威で、かつて理化学研究所の仁科芳雄博士と共同で、ウランが核分裂した時の生成物を世界で初めて同定した。

「大石さん。一緒に頑張りましょう。われわれはアメリカの妨害と戦います。任せてください。必ず水爆の秘密を暴き、みなさんの治療に役立てますから」

武谷は力強く約束した。

彼はこれまでも、何度も日米の国家権力と戦った経験を持っている。そのため戦時中には、日本の特別高等警察、いわゆる特高《とっこう》に逮捕され、何日も拘留された。

終戦の年にＧＨＱは、

「太平洋戦争中、理化学研究所では原爆の開発を進めていた」

という理由で、核物理学研究に必須な「加速器」という大型実験装置の破壊を断行した。その時も武谷は、必死になって、加速器の破壊を阻止しようとした。

西脇も立ち上がると、又七のそばに来た。

「大石さん。微力ながら、この西脇も頑張ります」

武谷が何かを思いついた目つきをした。

「そうだ。西やんの奥さんが集めたサンプルも、木村研究室で分析してもらおう」

「それがええですな。それじゃ今から、サンプルを取りに旅館に戻りますわ」

武谷は、出口に向かおうとした西脇を手で制した。

「西やん。ちょっと待て。こっちの用事はもう終わったから、私も一緒に行く。サンプルを受け取ったら、そのまま東京に帰る」

二人は又七に挨拶をしてから食堂を出ていった。

5　ビキニ水爆を暴く

翌日の午後、東京大学の木村健二郎教授は「死の灰分析プロジェクト」を開始するにあたって、会議室に集まった十七人のメンバーを前に訓辞を述べた。十七人の内訳は、九人が彼の研究室に所属する助教授、助手、大学院生で、残りは他研究室からの助っ人研究者だ。木村の横には武谷と西脇も座っていた。

「これから私たちが取り組むのは、日本ではもちろん、世界的に見ても初めてとなる、歴史に残る一大プロジェクトです」

今年で五十八歳になる木村は、すらりとして背が高く、映画俳優と見まがうほどに、色白で端正な顔立ちをしている。女子学生に人気があり、うわさの教授を一目見たいと思う学生たちで、いつも講義室が満員になる。

「みんなも知っていると思いますが、第五福竜丸の乗組員二十三人が、アメリカの水爆実験で内部被ばくをしました。病状は予断を許しません。彼らの命を救う最善の方法は、一刻も早く体内から放射性物質を取り出すことです。そのためには、死の灰に含まれている放射性物質の種類を知ることが先決です」

彼は外見だけではなく、言葉使いや物腰までが、研究者には珍しいほど気品に満ちている。温厚な性格で、怒ることはめったにないが、今日ばかりは緊張しているのか、普段は穏やかな声も固い調子になっていた。

「分析結果の理論的解釈は立教大学の武谷教授が、放射性物質の人体への影響などについては大阪市立大学の西脇助教授が、それぞれ協力してくださることになっています」

ここで彼は、声の調子を一段と上げた。

「当研究室は、放射性物質の微量分析において、卓越した技術を持っています。水爆実験で生じた死の灰の分析という大仕事を完遂できるのは、世界中を探しても、われわれしかいません。そのことを肝に銘じて頑張りましょう」

これまで木村研究室は、ラジウムやラドンなどの放射性元素を含む温泉、すなわち「放射能泉」の微量分析で、数々の輝かしい成果を上げている。

教授は西脇と武谷を手で指し示した。

「それでは、お二人からも、何か一言を」

西脇が前に進み出ると、軽く一礼した。

「大阪市立大学の西脇です。このプロジェクトに加わることができて光栄です」

彼は目元を引き締め、そこにいる全員の顔を見渡した。

「被爆患者を治療するためには、患者の体内にどんな放射性物質が蓄積されているのかを知らなければなりません。しかしアメリカは、国家機密を盾にして、ビキニ水爆で生じた放射性物質の名前を、一切教えてくれませんでした。われわれが一丸となり、このプロジェクトを成功させて、二十三人の命を救おうじゃありませんか」

西脇が席に戻ると、今度は武谷が立ち上がった。

「立教大学の武谷です。われわれはたった今、アメリカに宣戦布告をしたのです。死の灰に含まれる放射性物質が明らかになると、ビキニ水爆の構造が分かります。それはアメリカにとって、最重要国家機密が暴かれることと同じです」

それから拳を上げると、声高らかに宣言した。

「われわれは、ビキニ水爆の構造を徹底的に解明して、アメリカに勝利することを、ここに宣言する」

最後の締めは木村が引き受けた。彼はすっくと立ちあがると、自分の胸に手を当てた。

「私の研究室に、こんな大役が与えられたことを誇りに思っています。今日からすぐに、各自が自分の持ち場で、死んだ気になって頑張りましょう」

木村教授の訓辞が終わると、一斉に拍手が沸き起こった。全員の顔には、被爆患者を救うことへの強い使命感がみなぎっていた。


三月三十日、武谷は国会からの参考人招致を受諾し、参議院でビキニ事件について意見を述べた。

「本日、私がここに呼び出されまして、お話しできるということは、私としては非常に嬉しいことでございます。第五福竜丸の話について、何かご参考になるお話を、ということでございましたので、物理学の立場から、お話しさせていただきます」

彼は前置きを終えると、早速本題に入った。

「私は戦時中に、仁科研究室で原子爆弾の研究をやらされておりました。その時はもちろん、日本では原子爆弾はできないと思いましたけれど、どうも近いうちアメリカは原子爆弾を作るのではないかと考えたのでございます。われわれが計算しますと、その爆弾というのは、ひとつの都市が吹き飛んでしまうくらいのエネルギーを持っていることが分かりました。ところが、この話を聞いた人は『まあ、それはすごい』と言うくらいで、お茶のみ話で済んでしまったわけです」

武谷は一九四二年から三年間、帝国陸軍の命令を受け、理化学研究所にあった仁科芳雄博士の研究室で、不本意ながらも原爆の研究に携わっていた。

そのあと彼は、本題からは少し逸れていたが、

「広島・長崎では、多くの人々が原子爆弾のために亡くなったわけでございます。日本人の誰一人として、そうなることを知らないでいたのならば、あきらめるよりしょうがないのですけれど、少数でも、そうなることを知っていた人間がいて、それであんなことになってしまったのは、非常にあきらめられない気持ちになるわけです。それで私は戦後、いろいろなことを紹介するようにして、多くの人に原子力や原子爆弾について知っていただきたいと思うようになりました」

と続けて、自分が原爆投下を阻止できなかった無念さを国会の場で吐き出した。

「アメリカが広島と長崎に投下したのは原子爆弾でした。しかし今度のものは、爆発力とかいろいろのエネルギーのほうから見当をつけまして、水素爆弾だろう、と予想しております。これは現在、『だろう』と言う以外には何も分かっておりません」

その時はまだ、東大・木村研究室での「死の灰」の化学分析は、途中までしか進んでいなかった。

「私として非常に感じましたことは、予想以上のエネルギーであるということでございます。われわれが水素爆弾の話を一般の人にいたしますと、これは話があまりに大き過ぎて、そんなことが一体あるのか、と言うふうに、あまり相手にされないのでございます。ところが今度の事件が起こってみますと、

われわれが予想したことも、大分過小評価であったという気がいたします」

　ビキニ事件の数年前、武谷が『週刊朝日』に水爆の被害状況を、

「爆心が四谷なら、直径の両端が日比谷と新宿に及ぶほどの大火球が出現し、この中にいる人間は一蹴にして蒸発する」

　と書いたところ、ほとんどの人間は、

「それは誇張だ」

　と評した。

　しかし今回の事件が起きた時、以前の記述が誇張どころか過小評価であることを思い知らされた。広島の原爆、長崎の原爆、そしてビキニの水爆、いずれの場合も爆風と熱線の威力については、計算とほぼ一致していた。しかしビキニ水爆の放射能については、想像をはるかに超えていた。

　ビキニ水爆の威力を過小評価していたのは米国も同じだった。米政府は、第五福竜丸が被爆したことに狼狽し、三月十九日に、ビキニ海域での立ち入り禁止区域を、こっそりとこれまでの八倍に拡大した。

「今度の爆発では、灰が非常にたくさん降ってきた、ということから推しますれば、あれは地上爆発だった、と思われます。サンゴ礁の上で行なわれていたのですから、サンゴ礁が粉々になって上空に飛んだことになります。その上空に飛んだものは、上空の風に乗りまして、いろいろとあちこち行って、最後は下に落ちてくるということになったわけでございます。広島・長崎の場合は、原子爆弾は上空

爆発でしたので、灰は空高く上がって行き、地上にはあまり落ちてこなかったのです」

つぎに、水爆のエネルギーについて、分かりやすく解説した。

「水爆のエネルギーというのは、火山の爆発とほぼ同じ程度のエネルギーでございますから、桜島の噴火の時に、日本全国に灰がばらまかれたことから推しますれば、それに類したようなことが起こるのは当然であります。しかし同じ灰でも、今度は火山と違いまして、放射能を帯びているということでございます」

最後に彼は、水爆から放出される放射性物質について述べた。

「つぎに、灰に付いた放射能というのはどういう性質のものか、ということをお話しさせていただきます。水素爆弾が爆発しますと、猛烈な爆風が一つ、それから強烈な熱線、これは原子爆弾よりもっと強烈な熱線です。それに加えて放射線が出るのでございます。放射線といたしましては、爆発した瞬間、猛烈な中性子とガンマ—線が出てくるのであります。中性子は地上にあるものに誘導放射能を与えるのでございます。これは広島・長崎でも経験されたことですが、今度の場合は、広島型原爆の二十五倍ほどの威力と思われますから、爆発の核分裂で出来ました放射能産物も、広島型の二十五倍ほどに増えているのでございます」

彼はここで意見陳述を終えると、

「ビキニ事件については、まあ大体そんなことが考えられるのであります」

と言って、卓の上にある発表用資料を片付け始めた。

それから一か月余りが過ぎ、五月を迎えた。家々の庭では、大きな鯉のぼりが、風を腹一杯に飲み込んで、青空を背景に気持ちよさそうに泳いでいる。

広島・長崎における原爆被災者の症状は、爆風や熱風、そして初期放射線の三つの作用に起因したものだが、ビキニ水爆被災者の場合は、核分裂によって生成した放射性物資を直接浴びたことによる。そのため、第五福竜丸の被爆者には、過去の治療方法は役に立たなかった。

西脇助教授が公開質問状の掲載を断られたあとも、病院の医師たちは、

「ぜひとも、ビキニ水爆で生成された放射性物質の種類を教えてほしい」

という要望を、再三にわたって米国政府に申し入れた。放射性物質の違いによって体に及ぼす影響も違ってくるため、患者に合わせて、治療方法を変えなければならない。

しかし米国側からは、

「核兵器に関する情報が、わが国の最高軍事機密であることに鑑みると、公表することは不可能である」

という決まり文句が返って来るだけだった。

けれども、米国政府による頑なな公表拒否も、五月三十日をもって無意味なものとなった。この日、京都大学で開かれた分析化学討論会で、死の灰の化学成分のみならず、ビキニ水爆の構造までもが暴露されたからだ。

討論会が始まると、司会役の木村教授が登壇した。

「このたび、ビキニ水爆によるフォールアウト、すなわち放射性降下物の化学分析が終了しましたので、発表させていただきます」

教授は最初に、分析に当たった研究者たちに謝意を述べた。

「今日の発表を迎えられたのは、多くの研究者の方々が、寝食を忘れ、研究に没頭してくださったおかげです。この場を借りて、熱く御礼を申し上げます」

そのあと卓の上から冊子を取り上げると、三百人ほどの出席者に掲げて見せた。

「お手元の印刷物にありますように、第五福竜丸に降り注いだ、いわゆる死の灰を分析した結果、七種類の放射性元素と二十七種類の放射性同位体を検出しました」

同位体というのは、名前は同じでも中性子数が異なる元素のことをいう。表記する時は、元素名に続けて質量数を書くことになっている。

元素の名前が同じなら、すべての同位体の化学的性質にはまったく差がない。同位体には安定なものと不安定なものがあり、放射性同位体は、原子核が不安定なため、時間とともに放射線を出しながら崩壊する。

木村は最前列にいる西脇助教授の顔を見た。

「ここにいらっしゃる大阪市立大学の西脇助教授から、検出された放射性物質のうちで、医学的見地から特に危険なものについて、解説していただきます」

西脇が立ち上がってステージに向かおうとした時、木村が呼び止めた。

「西脇先生。専門分野以外の方も、大勢出席されていますので、難解な学術用語はできるだけ避けて、一般の方にも分かるようにお話しください」

会場には、各大学の研究者に交じって、新聞、ラジオ、テレビなどの報道関係者の姿もあった。

西脇は登壇すると、自己紹介のあとで話し始めた。

「このプロジェクトで、私が最も恐怖を覚えたのは、ストロンチウム九〇を検出したことです」

ストロンチウム九〇は、安定に存在する天然ストロンチウムより、中性子を過剰に持っているため、原子核が不安定で、放射線を出しつつ崩壊する。

「ストロンチウムは、化学的性質がカルシウムに似ています。ですからストロンチウム九〇が体内に入ると、一部は排泄されますが、大部分は骨に取り込まれてしまいます。こうなると、体の表面からは検知できなくなるので、知らないうちに、長期間にわたって大量の放射線を、体内で浴びることになります」

放射性元素の中でも、体の成分と似て非なる元素は、とりわけ厄介だ。まったく違うものであれば、人体は異物と認識して排泄するが、似ている場合は騙されて、体の組織に取り込んでしまう。ストロンチウム九〇の半減期は二十九年だ。これが体内に取り込まれると、何十年間もの長きにわたって身体をむしばみ、白血病や骨肉腫を引き起こす。

「このほかにも、甲状腺障害を起こすヨウ素一三一や高い発ガン性を持っているプルトニウム二三九も検出しました。プルトニウム二三九の半減期は二万四〇〇〇年ですから、粉塵として吸入された場合、死ぬまで肺に留まり、そこで放射線を出すため、上皮細胞が侵されて肺ガンが発生します」

西脇は、コバルト、ジルコニウム、ニオブ、テルル、リチウムなど、検出された他元素の毒性についても解説したあと、

「今後は、東大の医師団とも緊密に連携を図り、今回の分析結果を被爆患者の治療に役立てる所存であります」

と結び、ステージを下りた。

代わって登壇した木村は、一渡り会場を見渡すと、

「みなさん、大変お待たせいたしました。本日の討論会で、最も注目度の高い発表に移ります」

と言ってから、驚くような言葉を発した。

「本日、ここに出席されたみなさんは、アメリカの最重要軍事機密を、世界の誰よりも先に知ることになります」

一瞬、会場が静まり、そのあとざわめきが聞こえた。

「先に結論を申し上げますと、ビキニ水爆は、これまでとは全く違う新型の水爆でした。ソ連が開発したものとも異なっています」

一九五二年十一月、米国がエニウェトク環礁で人類初の水爆実験を実施すると、ソ連も米国と競うように、翌五三年の八月に水爆実験を行なった。

「水爆を爆発させるには、まず初めに、爆弾の中心に置いた原爆に点火して、核分裂を起こします。す

ると、七〇〇〇万度以上の超高温状態が作られるので、充填されている重水素化リチウムの核融合反応が起き、この時に莫大なエネルギーが一挙に放出されます。これまでの水爆は、ここで終わりでしたが、ビキニ水爆は違いました」

報道関係者は座りなおすと、演者の顔に視線を集中した。

「ビキニ水爆が新型水爆であることが分かったのは、第五福竜丸に降った死の灰に、ウラン二三七が含まれていたからです。これは水爆に使われていた天然ウランから生じたものと思われます」

その時、最前列にいた若い男性が、挙手をしながら立ち上がると、

「天然ウランは、大部分がウラン二三八です。これは核分裂を起こさないので、原爆に使うことはできません。広島に投下された原爆では、核分裂しやすいウラン二三五を集めて、濃縮したものを使いました。ですから、今回の水爆に天然ウランが使われたというのは間違いじゃないでしょうか」

と異議を唱えた。

けれども木村は、表情を変えることなく、平然と答えた。

「広島原爆については、おっしゃるとおりです。でも、新型水爆には、起爆用のウラン二三五のほかに、間違いなく天然ウランも使われていました。核融合反応が起きると、エネルギーの大きな高速の中性子が飛び出します。これが天然ウランに衝突すると、ウラン二三八でも核分裂を起こし、ウラン二三七が生成するのです」

ウラン二三七は木村にとって特別な元素だった。彼は一九四〇年に、理化学研究所の仁科博士との

共同研究により、世界初となる発見を、

「天然のウランに高速の中性子が衝突すると、核分裂が起こり、ウラン二三七が生成する」

という論文タイトルで、英国科学雑誌『ネイチャー』に発表した。

木村は柔らかな眼差しを、最前列の若い男性に向けた。

「そうですね。ちょうどよいタイミングですから、ここで武谷先生に新型水爆の構造について解説していただきましょう。そうすると、なぜ天然には存在しないウラン二三七が、ビキニの灰から検出されたのかがよく分かります」

木村から指名されると、西脇の隣にいた武谷は、ゆっくりした足取りでステージに上がった。

「さきほど木村先生が、ビキニ水爆は新型水爆であると言われました。この点を、もっと詳しく説明いたします」

演者の後ろには、説明用のビラが何十枚も掛けられていた。演者が変わるたびに、木村研究室の大学院生が、素早くビラをめくる。

「ビキニの核実験では、爆発の威力を高めるために、水爆をさらに天然ウランの殻で包み、最終段階で、このウランにも核分裂を起こさせたと思われます。それで、ウラン二三七が生成したのです」

報道関係者の席を見ると、腕に腕章を付けた朝日新聞の記者が熱心にメモを取っている。毎日新聞の記者は、カメラを構えて、撮影機会を窺っていた。

「驚いたことに、ウラン二三七の放射能は、全成分中で最も強く、全体の二十パーセントもの割合を占めていました。この結果が、ビキニ水爆が新型爆弾であることの決定的証拠となりました」

会場からは、咳払いひとつ聴こえてこない。皆は息を詰めて、武谷の話に聞き入っていた。

「まとめますと、ビキニで使われた新型水爆では、核融合反応が一回、核分裂反応が最初と最後の、合わせて二回起きることになります。英語で言いますと、核融合はフュージョンで核分裂はフィッションとなります。そこで、それぞれの頭文字を取って、全部で三回のFが起きる水爆という意味で、アメリカの軍事評論家は、新型水爆のことを『スリーエフ水爆』と呼んでいます」

武谷は焼津で、大石又七から、彼が目撃したキノコ雲の数を聞いた時、ビキニ水爆が新型水爆であることの確証を得た。

つぎに武谷は、ビキニ水爆の非道性を聴衆に訴えた。

「新型水爆、すなわちスリーエフ水爆は、核兵器の中でもとりわけ非人道的な兵器で、『汚い水爆』とも言われています。旧型の水爆では、核分裂生成物は起爆用の原爆に使われていたウラン二三五から出るものだけでした。しかし新型水爆では、天然ウランも使われているため、核分裂せずに残ったウラン二三八と一緒に、大量のウラン二三七など、多種類の放射性物質が発生します。これが爆発に伴って、広範囲に飛散したので、第五福竜丸の乗組員があのような悲劇に見舞われたのです」

米国が、ビキニ水爆で生成する放射性物質を、最後まで隠した理由は、まさにここにあったのだ。

三月二十二日に、米軍が焼津の船主に、

「第五福竜丸を横須賀の米軍基地に曳航して、爆破処分したい」

と申し入れたのも、船体や死の灰の分析から、ビキニ水爆の秘密が暴かれるのを恐れていたためだ。

木村と武谷らによって解明された「ビキニ水爆の構造」は各種メディアによって報道され、すぐさま各国に転電された。

かくして、米国の最高軍事機密であるビキニ水爆の構造は、日本人科学者によって暴露され、その内容が世界中に知れ渡った。皮肉なことに、米国の敵はソ連ではなく、同盟国日本の科学者たちだった。

事態を深刻に受け止めた米国政府は、

「今後は、日本政府が『事故処理委員会』を作り、政府がビキニ事件の統一処理をするように」

と強く要望した。

アメリカに拠点を置く「INS国際通信社」が、ビキニ水爆がいわゆる「3F水爆」であることをスクープしたのは、京都で開かれた分析化学討論会から九か月も経った、翌年三月五日のことだった。

ビキニ核実験の詳細は、二〇一一年に情報公開された米国の極秘文書で明らかになった。

それによると、米国が一九五二年に実施した、人類初めての水爆実験では、補助機器を含めると全体で七〇トンもある巨大な実験装置が使われたが、第五福竜丸の乗組員が目撃した水爆は、兵器として使用可能なまで小型化されており、ビキニ環礁北部のナム島に建てられた五十メートルの鉄塔の上に設置された。

この水爆が炸裂すると、サンゴ礁の島が吹き飛び、サンゴの残骸は、高さ三十五キロメートルのキノコ雲となって、大量の放射性降下物「死の灰」と一緒に、第五福竜丸に降り注いだ。水爆の核出力は、広島原爆の九四〇倍で、事前に見積もられた出力の二・五倍となったため、米国が設定した危険区域の外でも、想定外の放射線被爆が引き起こされたのだ。

米国が開発した新型水爆は、結果的に「汚い水爆」となったが、初めから「汚い爆弾」を意図して製造されるものが、「貧者の核爆弾」とか「爆発しない核爆弾」と呼ばれている兵器だ。ウラン鉱石の粉砕物や原発から出る核廃棄物を、そのままドローンや気球に積んで敵国の上空に飛ばし、そこで墜落させると、局地的な放射能汚染を引き起こすことができる。例え敵側に発見されて撃墜されても、当初の目的は達成されたことになる。

第二章

1　転院

武谷教授が又七と会った日の二日後、東大の都築正男《つづきまさお》名誉教授と清水健太郎《しみずけんたろう》教授が、日本医師会館で開かれた外科学会の席上で、東大病院に入院している二人の経過ついて、「急性放射能症」というテーマで学術発表を行なった。広島・長崎での被爆は、熱線や爆風、そして初期放射線による「原爆症」と呼ばれていたが、ビキニ水爆の被爆は、放射性降下物を浴びたことによるため「急性放射能症」と名付けられた。

その時に発表された内容は、

「山本さんと増田さんの二人は、現在のところ生命の心配はありませんが、長い将来にかけてはガンの発生も懸念されます。化学分析の結果では、体内に数種類の放射性元素が存在することが確かめられました。最も危険なものは、強力なベータ線を出すストロンチウム九〇です。しかし今のところ、これを体外に取り出す有効な方法はありませんので、きわめて憂慮しております。大便に交じって出てくる血液量も次第に増えています。また、長い間放射性物質が付着していた皮膚にも、将来的にはガンが発生することが考えられます」

というものだった。

ところが、その二日後に来日した米国原子力委員会（ＡＥＣ）のアイゼンバッド博士は、医師たちの診たてを否定するかのように、

「漁夫たちの被爆も放射能もたいしたことはない」

と放言した。

彼の無責任な発言は留まることを知らず、築地市場でマグロの放射能検査を視察した際、

「日本国内向けの検査は、マグロの表面だけでよいが、アメリカに輸出するマグロは、エラや腹の中に測定器を三秒以上入れて測るように」

と指示して、水産業者をあきれさせた。

当時米国は、冷凍マグロやマグロの缶詰を日本から大量に輸入しており、日本の汚染マグロが米国に輸入され、国内に流通することを恐れていた。その時の「日米合意」には、放射線が検出されないマグロしか輸入は認めない、と記されていた。

さらに博士は、被爆した乗組員全員を本国の病院に連れて行こうとした。

しかしそれは、患者本人のためを思っての提案ではなかった。米国にとって彼らは、内部被ばくを調べるための絶好の研究材料だったのだ。世界中の文献を調べても、人間の体内に入った放射性物質の影響や体表放射能の測定例などは報告されていなかった。それと同時に、日本国民の目をビキニ被

爆者から逸らさせる目的もあった。

米政府関係者の妄言はさらに続き、三月二十三日、ＡＥＣのコール委員長が、

「日本人漁夫は漁業以外の目的でビキニの危険区域に入り、核実験をスパイしていた可能性がある」

と発言し、被害者である乗組員に汚名を着せた。

アイゼンバッド博士やコール委員長の発言からは、米国側が、ビキニ事件を矮小化しようとして、躍起になっていたことがよく分かる。

最後には、米国大統領のアイゼンハワーまでもが、

「爆発地点の比較的近くにいた人々が受けた被害の報道は、実際の被害を誇張したものである」

と発言した。

米国政府はなによりも、ビキニ事件が契機となって、日本で反核・反米世論が激しくなることを危惧していた。

そこで議会下院のイエーツ議員が、

「ビキニ事件により、日本では、再び核の犠牲になった、という怒りが渦巻いている。わが国は破壊ではなく平和のために原子力を使うのだ、と強調するため、日本の原発第一号を広島に設置してはどうか」

と提案した。

これに賛同したのはコール議員だった。

「私もそのように考えていた。広島に原発を造ることは、日本人への贈り物としては非常に効果的だ」

しかし大統領は、二人の提案に反対した。

「その考えには賛成できない。広島に原発をプレゼントすると、原爆を投下したことに対する米国の罪悪感を示すことになり、対日政策に不利益が生じる」

こうして、広島原発の構想は立ち消えになった。

三月二十四日、ビキニ事件に関する第一回日米連絡協議会が開かれ、

「被爆者の治療にあたっては、技術上の問題は日本側の『原爆症調査研究協議会』で討議を続ける。アメリカとの接触は協議会委員長を通じて行なうものとし、個々の接触は避けること」

という決定が下された。

日本の医師や学者たちは、日米両政府の方針に激しく反発した。

東大の都築名誉教授は、

「治療に必要だからビキニ灰の性質を教えてくれ、と言ったら、アメリカは断ったじゃないか。今になって、なんの日米合同調査だ」

と激怒した。

立教大学の武谷教授は、

「絶対に、協議会の委員長を、他の人間に変えるべきだ」

と強硬に主張した。

武谷が槍玉に挙げた委員長というのは小林六造《こばやしろくぞう》だった。彼はかつて、大日本帝国陸軍の「七三一部

隊」に属し、捕虜の人体実験に関与したが、米国の保護・管理の下で戦犯免責された人物だ。終戦後は、「原子爆弾被爆者援護対策室」の責任者となり、ＧＨＱの意向に沿って、原爆被爆者の解剖や調査に協力した。

小林委員長の経歴を考えると、

「今の委員長はアメリカの代弁者だ。日本側の言い分は聞いてもらえないから、アメリカの言いなりになってしまう」

という武谷の意見も当然なことだった。

焼津北病院に入院している二十一人は、よくなる兆しを見せなかった。

東大医学部の三好和夫《みよしかずお》教授らが乗組員の体を調べると、頭髪と爪に強い放射能を検出した。髪の毛と爪のどちらも、主成分は「ケラチン」というタンパク質で、十八種類のアミノ酸で構成されている。彼らの体内に入った放射性元素が、アミノ酸に取り込まれていることは明白だった。

「このままでは危険だから、髪の毛と爪を切ったほうがいい」

という教授のアドバイスで、町の床屋に「出前散髪」を依頼したが、怖がって誰も来てくれなかった。やむなく市の職員が、手袋とマスクを着けて、恐る恐る髪を刈ってくれた。切った爪からは、一五〇カウントの放射能が検出された。

三月二十六日の血液検査では、白血球数が極度に減少し、二〇〇〇台を示している者が三人いた。

成人男子の正常値が、四〇〇〇から九〇〇〇であることを考えると、無視することはできない値だ。この三人について、体表面の放射能を測定すると、とりわけ頭上部から高い値を検出した。

以前焼津を訪れたＡＢＣＣのモートン所長による、

「マグロ船の漁夫は、二、三週間、長くても一か月もしたら治るだろう」

という見解も、
今回来日したＡＥＣのアイゼンバッド博士による、

「漁夫たちの被爆も放射能もたいしたことはない」

という発言も、実態とはかけ離れていた。

三月二十七日の朝、ついに二十一人全員が、東京の病院で治療することが決まった。しかし、すんなりと決まったわけではなく、ここに至るまでは、いくつかの揉め事があった。

乗組員の家族の中には、米国の病院はもちろん、東京の病院に行くことにも反対するものが少なくなかった。

「焼津で顔を見られなくなるなんで、私は我慢できないよ」

「東京に行ったら、治療はそっちのけで、研究材料にされるだけだ」

「今度会うのが、死ぬ間際になってしまうじゃないか」

肉親たちは口々に言って、東京行きの撤回を要求した。

焼津協立病院の柘植院長も、

「ビキニ水爆の被災者は、協立病院で治療する」

と強く主張して、転院に反対した。

東大の三好教授は、焼津市助役や県衛生本部長などと協議したあと、二十七日の朝までかかって柘植院長を説き伏せた。

こうして二十一人の乗組員は東京の病院に転院することになったが、問題は患者たちの移送手段だった。陸路や海路を利用する前提で、いくつかの方法が検討されたが、列車、バス、船では他の乗客に迷惑が掛かるため、米軍に要請して、軍用プロペラ機のC54型輸送機を用意してもらうことになった。

翌二十八日は、朝から快晴になった。米軍の輸送機は、焼津市の七キロほど南にある静浜《しずはま》飛行場に、前日のうちに到着し、患者たちを待っていた。

飛行場に着いてバスから降りた時、又七は目を見張った。大勢の焼津市民、乗組員の家族や親せき、そして知人などが集まり、輸送機を遠巻きにしていた。これほど多くの人間を見たのは、中学校の運動会以来だ。

皆は泣きながら、見送りの人たちとの別れを済ませると、飛行機に乗り込んだ。

又七は三十八度の熱が出ていたため、担架に乗せられたまま、丸窓から海を眺めていた。駿河湾を見るのもこれが最後になるかもしれない、と思うと、涙が浮かんできた。

やがてC54型輸送機は、四発プロペラの音も軽快に、軽々と離陸した。

ところが、飛行機は駿河湾を横切って伊豆半島には向かわず、南にある御前崎の真上を通過すると、太平洋に出てぐんぐん上昇し始めた。

羽田空港に向かうと思っていた又七は、上半身を起こすと大声を上げた。

「ああー、だまされた」

やはり被爆者たちはアメリカに連れて行かれるのだ。今になって思うと、三好教授もグルだったのに違いない。協立病院の柘植院長が、あれだけ頑強に反対したのは計画を知っていたからだ。

しかし飛行機は、そのあと大きく左に旋回すると、伊豆大島に向けて進路を定めた。

「よかったー」

又七は安堵の息を吐き出した。


二十一人の入院先は、すでに決まっていた。妻帯者と年長の五人は東大病院に入り、一足先に入院していた山本、増田の二人と合流した。

独身者十五人と、お目付け役の久保山無線長は、国立東京第一病院（現・国立国際医療センター）に連れて行かれると、そこで十人と六人に分けられ、二つの病室に入れられた。又七の病室は、久保山と同じ三一一号の六人部屋だ。

治療には、四人の医師と五人の看護婦が専属で当たり、手当の限りを尽くしてくれた。病院側は患者たちのことを第一に考え、報道陣の取材はすべて断ってくれた。

皆は、船に乗っていた時と同じように、女の子の話をして笑い合い、それほど落ち込みはしなかった。

けれども消灯時間になると、そうはいかなかった。

又七は真夜中に、ふっと目を開けた。病院中が静まり返り、自分一人だけが、異次元世界に放り出された気がする。これからのことを考えると、不安な思いが沼霧のように沸き上がってきて、

「一人だったら、一週間も持たないなあ」

と呟いた。

三月三十日、東大の中泉教授は記者会見で、

「二十三人の患者の病状は、白血球数から見て、次第に悪くなっている。このための治療としては輸血を続けている」

「根本的な治療方法は、放射能を出す元素を体内から取り出すことだ」

「基礎的な検査として、二人の患者の尿をアメリカ原子力委員会に送り、放射性元素の分析をお願いしている。東大の木村研究室でも、同じ分析を並行して行なっている」

という趣旨の途中経過を報告した。

さらには、調査団長の都築東大名誉教授が、衆議院厚生委員会で、

「患者に与えるショックを考えて、今まで黙っておりましたが、二十三人の乗組員の十パーセントは死ぬかもしれません」

と発言したため、委員会が騒然となった。

医師や看護婦たちとは違って、日米両政府はビキニ被爆者に冷淡だった。

三月三十一日、米上院のコール原子力委員長が再び、

「日本人漁夫は、ビキニの核実験をスパイしていた可能性がある。この点を原子力委員会は調査する」

と発表した。

米下院のストローズ原子力委員長も、

「船長が、光を見てから音までの間が六分くらい、と説明したことから、同船は危険区域内にあったものと認められる」

と述べ、第五福竜丸は意図して危険区域内に入り、核実験の秘密を調査していた、と決めつけた。

しかし翌日、海上保安庁が、

「第五福竜丸の航海日誌を精査したところ、船が危険区域の外にいて、爆心地から一六〇キロ離れて操業していたことが確実になった」

と表明し、ストローズ委員長の発言を一蹴した。

驚いたことに、日本政府内にも、

「第五福竜丸はソ連のスパイ船だった」

と考える人間がいて、岡崎外相は衆議院外務委員会で、

「第五福竜丸に降った灰が、ソ連に持ち去られたという噂を聞いている」

と発言した。そのため乗組員たちは、国の内外から疑いの目で見られるようになった。

それを口実にして、米中央情報局（ＣＩＡ）や日本の公安調査庁の調査員が焼津に来ると、乗組員や家族の身辺調査を開始した。けれども、それらしい事実は認められなかった。

岡崎外相はそのあとも、一貫して米国寄りの姿勢を崩さす、日米交流団体が主催した四月十日のパーティーでは、

「われわれは米国に、核実験を停止するようには求めません。核実験は、米国だけではなく、自由主義諸国の安全のために必要だと認識しているからです」

と発言した。

その当時、ビキニの危険区域周辺では、六〇〇から一〇〇〇隻もの日本漁船がマグロ漁を行なっていた。しかし外相にとって、最も重要なのは、自国の漁夫が被爆するのを防ぐことではなく、米国の機嫌を損ねないことだった。

四月中旬頃から、又七たち十六人は、発熱と同時に、鼻血、歯茎からの出血、皮下出血、腸や腎臓からの出血も認められるようになり、下痢もなかなか止まらなくなった。

これまでにない倦怠感を覚えるようになり、

「目は覚めていても、体がだるくて起きる気がしないよ」

「朝飯を食う時、みそ汁の椀を持つのもやっとさあ」

「便所でしばらくしゃがんだあと、すぐには立ち上がれなくなった」

などと、自分の症状を訴えた。

医師たちは、骨髄が放射能で侵されたことが原因だ、と結論した。

早速、胸骨、腸骨、背骨から骨髄液を採取して検査を行なったところ、通常は十五万ほどある骨髄細胞数が一万から二万台、白血球数は健常者で四〇〇〇から九〇〇〇あるものが、一〇〇台にまで下がっている者もいた。赤血球も四〇〇万以下に激減し、血小板は通常二〇万から九〇万が一万から二万になり、それが腹中出血を引き起こし、血便となって出てくる原因になっていた。放射線の影響を最も受けやすい生殖細胞が数百に減った者や、果ては無精子の者まで現れた。

このままでは、感染症にかかって命を落とす恐れがあるため、感染予防の目的で、ペニシリン、オーレオマイシン、アクロマイシンなど、大量の抗生物質が投与されると、輸血も頻繁に行なわれた。

病室の壁には、

「出歩き禁止」

「絶対安静」

の張り紙が張られ、食事も病室でとるようになった。

患者たちの病状や経過は、毎日記者団に発表されてニュースになる。

諸岡《もろおか》看護婦長は、

「こんなことは、病院始まって以来ですよ。皇室か政府要人の患者さんみたいです」

と驚いた。

担当の医師たちは、患者たちに心配を掛けまいとして、詳しい病状を話さなかった。

又七たちも、

「どうせ悪い話しか聞けないよ」

「気が重くなるから聞かないほうがいい」

「どうしても言わなきゃならなくなったら、その時は話してくれるだろう」

などと言って、自分たちから訊くことはなかった。

東大病院でも、状況は同じで、治療を担当している三好教授が、

「患者七人の状態は、日々に悪化している。担当医師らの必死の努力で、皮膚表面の放射能は減少し、ドス黒かった皮膚もきれいに剥がれてきた。しかし、それとは逆に、白血球数と骨髄内の造血細胞数は減少の一途をたどっている。白血球が一〇〇〇個を上下し、骨髄細胞数が一万台というのは、ただ事ではない。今まで、世界の誰もが経験したことのないこの病気が、この先どうなっていくのかは、まったく分からない」

という悲観的な声明を発表した。

2　反核のうねり

三月二十六日、米国は、日本のマグロ漁船が死の灰を浴びたことなど忘れたかのように、ビキニ環

礁での水爆実験を再開した。実験に先立ち、危険区域の範囲が今までの八倍に拡大された。

又七たちが入院している間も、汚染マグロの嵐は全国に吹き荒れていた。

そこで水産庁は、水揚げされたマグロの放射能検査を義務付けた。計測値が一〇〇カウント以上の場合は廃棄するように指示したため、連日、大量のマグロが海洋に投棄された。魚屋では、マグロだけではなく、イワシ、サバなどの近海魚まで、売れ行きが止まってしまった。

第十三光栄丸《こうえい》が、神奈川県の三崎港に戻ったのは、米国が水爆実験を再開した当日のことだった。第五福竜丸より十二日遅れての帰港だったが、この船のマグロも「一船丸ごと廃棄」の悲劇に見舞われた。米国が設定した危険区域から東に三七〇キロ離れた海域で捕獲したマグロ五〇トンは、廃棄することを余儀なくされた
漁師たちは三日三晩もかけて、千葉県犬吠埼の五〇〇キロ沖まで行くと、大量のマグロを海中に投棄した。八十キロもある見事なメバチマグロが、くるくると舞いながら海底に消えるのを見て、

「ああ、苦労して育てた子供を捨てるようなものだ」

と嘆き悲しみ、供養のために餌のサンマを二箱まいて合掌した。寿司にすると、二十万人分が水深五四〇〇メートルの海底に消えたのだ。

三浦市の三崎は、年間水揚げ五万六〇〇〇トン、水揚げ金額五十五億円を誇り、日本のマグロ水揚げの七割を占める「マグロの町」だった。それがビキニ事件により、その年の三月末まででも、一億二〇〇〇万円の大損害を被った。

静岡県の清水港では御前崎の昭鵬《しょうほう》丸、焼津港では吉祥《きちしょう》丸のマグロも放射能で汚染されていた。築地に入港した大正《たいしょう》丸のキハダマグロからは、一万八五四〇カウントの強い放射能を検出した。汚染マグロの被害は、市場の仲買人や鮮魚店だけではなく、カマボコやハンペンなどの「練り物」製造業者や寿司店にも及んだ。

四月二日、「買い出人水爆対策市場大会」が築地中央市場の講堂で開かれ、市場業者や漁協の組合員たち五〇〇人が、

「都内では、休業の店やすでに廃業した店が出始めた。このままでは、都民はカツオやマグロを食べられなくなる。ビキニの死の灰による損害は、すべて米国政府が補償するのが筋である。これについて、日本政府は責任をもって交渉すべきだ」

との決議を採択した。

その翌日、威勢のいい若い業者は鉢巻きを締め、長靴を履いて、街頭に出ると、

「アメリカは日本の魚屋を殺す気か」

「損害を賠償しろ」

「水爆実験を止めろ」

などと気勢を上げて、水爆実験反対の署名活動を行なった。

三崎、焼津、清水の漁業者や市場魚商も、

「ビキニ水爆による被災は、わが国のカツオ・マグロ業者に一大打撃を与えた。米国に対しては、あの

場所で核実験を実施しないこと、日本政府に対しては、マグロ肉の不安を取り除くこと、直接・間接の被害に対する補償・賠償を行なうこと、つなぎの融資・租税の免税を行なうことなどを要求する」という要望書を東京の対策本部に送った。

さらに、全国漁業組合長会議は、

「米国が補償の対象としているのは、直接損害を受けた第五福竜丸の船主、乗組員だけのようだが、この事件による魚価の値下がり、実験継続による操業不能期間の延長等による損失も十分考慮して、これら間接的な損害をも強硬に交渉する必要がある。また海上に禁止区域を設け、何百カイリというラインを引くなどということは、公海自由の原則から見て認めるべきではない。どうしても履行しなければならないというのなら、その損害等も外務省を通じて、米国に要求するよう対策を講ずるべきである」

との声明を発表した。

あとになって実施された調査によると、第五福竜丸以外でも、ビキニ水爆による間接的被害を受けた漁船は一〇〇〇隻に上ることが明らかになった。

米国の核実験で汚染されたのはマグロだけではなかった。ビキニの死の灰は高度十キロまで上昇すると、雨や雪に混じって日本全国に降り注いだ。

四月七日、静岡、東京、大阪、広島などに降った雨から、一〇〇〇から四〇〇〇カウントの放射能を検出した。遠く離れた新潟や札幌に降った雪も汚染されていた。

放射能雨を調査していた「原爆症調査研究協議会」は、事態を重く見て、

「雨水の常用は危険である」

と警告した
核実験の被害は、とうとう農作物にまで及んだ。宮城県産のキャベツ、カブ、ホウレンソウ、稲穂、アズキの葉などからも、強い放射能が検出された。

厚生省は全国都道府県に、

「野菜、果実などは、当分の間、出荷先で十分に洗うように」

「必要に応じて、青果市場では、抜き取り検査を行ない、放射能汚染がひどいものは、適当な措置を講ずること」

などと通達した。

「水爆実験による放射能汚染は、実験場に近い海で獲れた魚だけだ」

と思っていた国民は、国内で獲れる野菜や果実も汚染されていることを知って愕然とした。

放射能の恐怖が、突然、身近なものになると、全国で水爆実験反対の声が沸き上がり、大きなうねりとなって列島を駆け巡った。

その発端を作ったのが東京杉並区の魚商たちだった。

和田《わだ》にある「魚健《うおけん》」という魚屋も、ビキニ事件の「とばっちり」をもろに受けた。店主の菅原健一《すがわらけんいち》は、店の表を見ると、深いため息を吐いた。

「ひどいものだなあ。お客が全然来なくなった」

　客足が途絶えたのは、昨夜ラジオやテレビのニュースで、汚染マグロの廃棄が報じられたせいだった。

店内を掃除していた妻のトミ子も顔を曇らせた。

「今日は朝から、注文取消しの電話が鳴りっぱなしさ。みんなは道を歩く時、うちの店を避けるようにして歩いている」

　都民の多くは、マグロやカツオから原子病が伝染すると思っていた。

「魚屋殺すにゃ～　三日もいらぬ～。ビキニ灰降りゃ～、お陀仏だ～」

　健一はやけ気味な口ぶりで、歌うように節をつけて言った。

　トミ子は険しい目を夫に向けた。

「あんた。そんな呑気なこと言っている場合じゃないよ。区議会でビキニ水爆反対の決議をしてもらわなきゃ」

「よし。分かった。すぐに陳情する」

　その時、小学六年生の六女が学校から帰ってきた。

「ただいまあ」

「ひで子。こっちにおいで」

　健一は娘をそばに呼ぶと、彼女の目をじっと見つめた。

「父さんは頑張るぞ。もう海を汚されるのはごめんだ。お前たちの誰も、核戦争に巻き込みたくないからな」

当日の夜、健一の呼びかけで、阿佐ヶ谷天祖《てんそ》神社（現・神明宮）に区民有志が集まると、水爆実験禁止の決議を区議会に陳情することが決められた。

四月十五日、杉並区立公民館で婦人週間の講演会が開かれた。講師として招かれていたのは、法政大学教授で公民館の初代館長を務める安井郁《やすいかおる》だ。出席者は、区内の主婦を中心とする女性たちだった。

安井が講演を終えた時、トミ子が挙手をして立ち上がった。

「この場をお借りして、みなさんに聞いていただきたい話があるのですが、よろしいでしょうか」

「どうぞ。お話しください」

安井の許可をもらうと、彼女は話し始めた。

「ビキニ事件の被害で、魚が売れなくなりました。このままでは店を閉めなければなりません。私たち魚屋は、水爆実験反対の署名活動をやっています。お願いです。区議会でも水爆問題を取り上げてください」

トミ子の訴えに、安井は穏やかな口調で応じた。

「貴女のお話はよく分かりました。これは魚屋さんだけの問題ではありません。全人類の問題です」

一番前に座っていた女性が提案した。

「これからは魚屋さんだけでなく、区民全員の署名を集めることにしませんか」

ほかの女性たちもつぎつぎ声を上げた。

「それがいいです」

「明日からすぐに始めましょう」

「家を一軒一軒回って、署名を集めるといいと思います」

みんながすぐさま反応したのには十分な理由があった。彼女たちは、社会教育の場としても活用されていた杉並区立公民館で、「公民館教養講座」や社会科学の本を読む「杉の子会」を開くなどして、様々な啓発活動を行なっていたため、トミ子の訴えを他人事とはとらえなかったのだ。

その翌日、臨時区議会が開かれた。区議会は、健一ら魚商関係者二十数名の陳述を受け、「水爆実験禁止決議」を全会一致で決議した。

その日から健一とトミ子は、魚屋たちの税金や生活の相談で忙しくなった。幸いにも菅原家は、男三人、女四人、計七人の子宝に恵まれていたため、両親が留守でも、人手には困らなかった。長男や二男が店で接客すると、ひで子は妹と一緒に、バケツに魚を入れて近所に売り歩いた。

五月九日、二十七団体の代表三十八人の参加を得て、「水爆禁止署名運動杉並協議会」が結成され、組織的な水爆禁止署名運動が始まった。協議会の会長は、公民館長の安井が選ばれた。

この時に掲げられたのが、あとで「杉並アピール」と呼ばれるようになった宣言文だ。

「全日本国民の署名運動で水爆禁止を全世界に訴えましょう」

という一文で始まり、

「この署名運動は特定の党派の運動ではなく、水爆の脅威から生命と幸福を守ろうとする、あらゆる立場の人々をむすぶ全国民の運動であります」

との運動基本方針が簡潔に記されていた。

その時は、日米相互防衛援助協定が公布され、米国からの兵器供与が具体化してから一週間が経ったばかりだった。そのため再軍備論争が過熱しており、国内世論は二つに分かれていた。

安井はリーダーシップを発揮して、運動の照準を水爆一点に絞り、人々の「人類の良心」と「ヒューマニズム精神」に訴えることで、そうした社会情勢の中でも、署名運動を組織的にけん引することを可能にした。

署名簿の表紙には、

「水爆禁止のために全国民が署名しましょう」
「世界各国の政府と国民に訴えましょう」
「人類の生命と幸福を守りましょう」

という三つのスローガンが掲げられていた。

女性たちは連日、各自の担当区域を決め、署名簿を抱えて、戸口から戸口へと署名を求めて区内を回った。一人で何千という署名を集めた人もいた。相手が誰であろうとも、決して強制することはなく、納得のうえ署名をもらうという丁寧さだった。

彼女たちがガリ版で作った手書きのビラに、

「足が疲れて、交番で休ませていただいていると、お巡りさんも快く署名された」

「戸別訪問で、『署名で水爆は無くならないでしょう』と話す奥さんを説得したら、家族七人全員が署名してくれた」

などと、活動の様子がつづられている。

五月十三日から始まった署名運動は、六月二十四日に二十六万五〇〇〇を超える署名数を記録した。わずか一月あまりで、杉並区民約三十九万人の七割に近い住民から署名を集めたのは驚異的なことだ。杉並区の女性たちによる署名活動は、ラジオや、前年の二月に放送を始めたテレビなどのニュースを通じて、瞬く間に全国に広まり、八月八日には「原水爆禁止署名運動全国協議会」が発足した。初代事務局長となった安井は、公民館の館長室に事務所を置き、実質的責任者として全国運動に取り組んだ。

全国協議会趣意書には、杉並アピールと同じく、

「いかなる立場または党派にも偏しないこと」

「原水爆の脅威から生命と幸福を守ろうとする全国民運動である」

「一切の党派的、個人的エゴイズムによって汚されない、清らかな組織でなければならない」

ことが強調されており、

「各地、各団体で行なわれた署名を集計すること」

「協議会事務局を署名運動の全国センターにすること」

と記されていた。

翌年の一月十九日、安井事務局長は、ウイーンで開催された「世界平和評議会」に招かれて出席すると、

日本における原水爆禁止署名運動を紹介した。この評議会では、核戦争準備反対の「ウイーンアピール」がなされ、全世界で十億人を目標とする原水爆禁止署名運動の展開が宣言された。

こうして、杉並区に住む魚屋の女将が上げた水爆実験反対の声が全国に波及し、やがては世界中に広がり、一九五五年に広島で開催された第一回「原水爆禁止世界大会」に結びついた。大会の席上、署名者数は、全国で三二四〇万人、世界では六億七〇〇〇万人と発表された。

3　反骨の調査船

ビキニ水爆による放射能汚染は、日本の水産業に一大打撃を与え、マグロ以外の魚の価格も一時は半値以下に下落した。日が経つにつれて魚価はいくらか持ち直したが、マグロについては、四月になっても、回復の兆しがまったく見えなかった。

米国政府は、水爆実験によるビキニ海域の放射能汚染を過小評価していた。

米原子力委員会のストローズ委員長は、

「実験場のごく近くを除いては、ビキニ海域の海水に放射能はない」

と断言した。

そのような米国に対し、日本の水産業界が被った損失の補償を求めるためには、海洋汚染の「動かぬ証拠」を米政府に突き付けねばならない。

そこで農林省水産庁は、ビキニ海域周辺の実地調査を行なうことに踏み切った。

それを知った米国原子力委員会の委員は、

「放射性物質は、爆心地から五キロも離れれば、水で薄まるため無害になる。八〇〇キロも離れた場所では完全に検出不可能だ」

と発言し、日本の調査が無駄に終わることを匂わせた。

水産庁は調査計画を立てるにあたり、厚生省や運輸省のほかに、日本水産学会と日本海洋学会に協力を仰いだ。

総勢十七名の顧問が選ばれ、何度か会議を重ねた結果、

「生物班」

「海水・大気班」

「気象班」

「海洋班」

「環境及び食品衛生班」

という五班を組織して調査を行なうことになった。

顧問団の責任者は、水産庁調査研究部長の藤永元作《ふじながもとさく》博士に決まった。当時全く未知だったクルマエビの研究に没頭し、その養殖を可能にして、世界の水産界に大きな恩恵をもたらした人物だ。

計画の立案が終わった時でも、顧問団のほとんどは、

「放射能は海流で流されるから、ビキニ海域の海水に放射能は検出されないだろう。ましてや汚染マグロなど見つかるわけがない」

と考えていた。

日本政府の考えも、これと似たり寄ったりで、

「調査したいというのだから、やらせればいい。現場海域まで行って、放射能が検出されないことが分かったら、気が済むだろう」

という姿勢だった。

しかし米国政府は違っていた。初めは静観の構えだったが、日本側が着々と調査の準備を進めているうちに豹変した。

藤永博士は再三にわたって米国大使館に呼びつけられると、ジョン・アリソン駐日米大使から、

「ビキニ海域の放射能調査を中止するように」

と強く要請された。

日頃はいたって温厚な藤永だったが、呼び出しが三度目になった時も、

「貴国の核実験のために、日本国民は甚大な被害を被っています。ビキニ海域の実地調査を実施することは、全国民の悲願なのです。計画を中止するつもりは毛頭ありません」

と主張して、米大使の威嚇に屈することはなかった。

現在の日本政府なら、米国の反対を押し切ってまで水産庁主導の調査を許可することなど、ありえ

ない。

調査団長には、高知市の農林省南海区水産研究所の矢部博《やべひろし》が選ばれた。彼は四十六歳で、国内有数のマグロの専門家だった。

調査に携わる二十二名の団員は、平均年齢二十九歳という若い科学者ばかりで、専門は魚類、生物、物理、化学、原子物理学、気象学、医学などの多彩な顔ぶれだ。また報道班として、新理研映画、共同通信、ＮＨＫ、そして主要新聞六社から派遣された、総勢九名が同行することになった。

調査船の候補に挙げられたのは、水産庁の新鋭船「東光丸《とうこう》」、東京水産大学練習船「海鷹丸《うみたか》」、鹿児島水産高校練習船「鹿児島丸」といくつかあったが、結局、下関水産講習所練習船「俊鶻丸《しゅんこつ》」と決まった。船名の「鶻」というのは、猛禽類のクマタカまたはハヤブサのことだ。

藤永は、竹芝桟橋に回船された俊鶻丸を見た時、わが目を疑った。

岸壁に係留されていたのは、総トン数五八八トン、船齢二十六年で、船体に錆の浮いた、見るからにみすぼらしい老朽船だった。調査船が俊鶻丸に決まったのは、水産庁が要求した三〇〇〇万円の予算が、一四〇〇万円に削られたためだった。この船に、研究者二十二名と報道関係者九名が乗り込んで、二か月近くも航海することを考えると、彼は不安を覚えた。

不安なことは他にもあった。

「アメリカの反対を押し切って行くのだから、この船は途中で、米国の戦闘機か潜水艦に撃沈される」

と言う者もいたが、調査団員たちは、ビキニ事件の印象があまりにも強烈だったため、むしろ大気汚染や海洋汚染のほうを懸念した。

人体や機器を放射能汚染から守るため、

「防塵室と冷房室の設置」

「船を自動的に洗浄する機器の装備」

の二点を政府に要求したが、どちらも認めてはもらえなかった。

結局、大気中の放射能がひどくなった場合は、ビニール服を着て、船室に閉じこもるしか方法はなくなった。

五月十三日、米国政府は、

「本年度の水爆実験はすべて完了し、禁止区域内の航行は元通りに回復した」

と発表した。しかし、ビキニ環礁の周囲に大きく設定されている危険水域は解除されないままだった。

二日後の十五日、米国の発表を待っていたかのように、日本の調査船・俊鶻丸が東京竹芝桟橋を出発した。

狭い船室に、多数の観測用具や実験機材などが持ち込まれたため、船内は足の踏み場もない有様だった。二メートル四方の部屋を、海水・大気班と生物班が陣取ると、隣の部屋が計測室になり、様々な機器が設置された。

団員たちは採集器具や計測装置の点検を行ない、仕事の準備を進めた。

ほとんど全員が、乗船してから知り合った人間ばかりだったが、

「必ず放射能を検出して、アメリカ政府や顧問団の鼻を明かしてやるのだ」

という強い決意で一つに結ばれていた。

当初予定した観測コースは、米国の設定した危険水域の外側を回るものだった。

まずグアム島に直行し、そのあと進路を北東に変え、南鳥島に向かう。それから先は、ビキニ環礁を中心点として描いた、半径一三〇〇キロの円周と、半径一六五〇キロの円周を行き来しながら、ビキニ海域を一周する星型のコースだった。

ところが、南鳥島沖を通過して二日経った二十二日に、思いがけなく、ビキニ環礁周囲に設定された危険水域解除の知らせが届いた。解除発表は六月末になる予定だ、と聞かされていた調査団は、がぜん色めき立った。

「おお、爆心地点に行けるぞ」

すぐに観測コース変更の会議がもたれたが、南鳥島沖の定点観測で、海洋生物のサルパ類に、弱いながらも、初めての放射能を検出した直後だけに、会議は紛糾した。

「いきなりビキニ環礁に近づくのは危険だ」

「だけど、せっかくの機会だから、何としてでも行って調査をするべきだ」

「調査できたとしても、調査団が被爆したら元も子もない」

会議室は異様な熱気に包まれた。

こうして、当初の観測コースは大幅に変更された。

新しいコースは、まず給水のためウェーク島に寄港し、そこからいったん南下すると、赤道を越えてから反転北上し、爆心付近を通って、またウェーク島に戻るコースとなった。

船は二十五日にウェーク島に着いた。そこで三日間停泊すると、二十八日に出港し、旧危険水域の外縁に沿う形で南東に向かった。

島を出て二日目となる三十日の朝、第五回目の定点観測を行なった。

くみ上げた海水の放射能値が分かった時、担当団員は驚きの声を上げた。

「うわ、出た」

それまでゼロカウントだった海水に、一リットル当たり一五〇カウントの放射能が検出された。船体も、作業手袋も放射能で汚染されていた。

出発前に、米国原子力委員会のストローズ委員長は、

「ビキニ海域の海水に放射能はない。あったとしても、ロスアンゼルス市の水道水の値と同じくらいだ」

と言って、ビキニ海域の放射能汚染を強く否定した。

また顧問団の一人も、

「水爆実験と言っても、広い太平洋のこと。ちょうど琵琶湖に赤インクを一滴落としたようなもの。海水中で放射能を検出できるわけがない」

との見解を表明した。

しかし現実はそうではなかった。

海水から放射能を検出したのは、気象研究所の杉浦吉雄《すぎうらよしお》と亀田和久《かめだかずひさ》の二人だった。それまでは、海水サンプルをいくら調べても、放射能は検出されなかったため、他の団員から、無駄な作業をしている、と思われていた。それがこの日を境に一変した。

気象研究所の科学者以外は誰もが考えていなかった海水の放射能が、実際に存在していたのだ。杉浦と亀田は、自分たちの予測が正しかったことに、大きな満足感を覚えた。

当日の夜、ビキニ海域の俊鶻丸から、

「海水や海洋生物から大量の放射能を検出した」

という第一報が日本の新聞社に飛び込んだ。

この日は奇しくも、木村教授らが京大の分析化学討論会で、死の灰の化学成分とビキニ水爆の構造について発表した日だった。

翌日の読売新聞夕刊には、

「俊鶻丸、死の海・調査」

という主見出しのあとに、

「船体にも放射能」

「予想外に強い海洋汚染」

という袖見出しが続いていた。

明けて三十一日、俊鶻丸では第六回目の調査が行なわれた。海水もプランクトンも、前日よりもさらに汚染の度を増し、海水はリットル当たり四五〇カウントの放射能を検出した。

この結果は、にわかには受け入れがたいものだった。この辺りには北赤道海流が流れており、海水は東から西へ流れているため、核実験で生じた放射能は、現在では薄められている、と予想していたからだ。

福島原発事故の時、日本の原子力安全・保安院（ＮＩＳＡ）は会見で、

「海水中に放出された放射性物質は、潮流に流されて拡散していくことから、実際に魚とか海藻などの海洋生物に取り込まれるまでには、相当程度薄まると考えられます」

と繰り返した。

ところが四月になると、茨城や福島で獲れた小魚のコウナゴに、暫定基準値を超える放射性物質が検出された。ＮＩＳＡは明らかに、俊鶻丸によるビキニ海域の調査結果を考慮していなかった。

爆心から一〇〇〇キロも離れた海が汚染されている事実は、皆を戦慄させた。その夜は、矢部団長を取り囲んで、このまま進むべきか、それとも引き返すべきか、夜遅くまで激論が戦わされた。

団長は、同乗の記者に、

「実のところ、海水の汚染は予想外だった」

と素直な感想を漏らし、

「詳しい話は、東京の顧問団に聞いていていただきたい」

と付け加えた。

この言葉には、海水の汚染を軽視していた顧問団に対する、温厚な団長の精いっぱいの皮肉が込められていた。団長だけでなく、団員たちの間にも、顧問団に対する様々な不満と不信感が渦巻いていた。

同行した読売新聞の加藤地三《かとうつちみ》記者は、その時の様子を、

「この辺り、見た目には波がしらが白く砕ける穏やかな南の海である。果てしなく広がる透明な海。この海水にリットル当たり四五〇〇カウントの放射能があると知って、調査団の驚きは大きかった」

と伝えた。

翌日の朝刊には、

「緊張の度を増す俊鶻丸」

「南下は危険か」

「海水ついに四五〇〇カウント」

の見出しが躍り、団員や乗組員の家族を心配させた。

矢部団長は水産庁に、海洋汚染の実態を報告し、今後の指示を仰いだ。

その結果、しばらくは様子を見ながら予定のコースを南下することになった。

翌日から、甲板で作業する者は、放射能を遮蔽《しゃへい》するために、鉛板が内包されたコートを着用した。

海水の汚染は調査団員の日常も一変させた。それまで海水で洗っていた食器、米、野菜などは淡水

で洗うことになり、淡水の消費制限が始まった。

乗組員を含めると、船には総勢七十四人が乗っていたが、船の貯水容量は八十五トンしかないため、つぎの給水までの期間を考慮して、一人分の使用量は一日当たりわずかに二十五リットルと決められた。

上がり湯が使えなくなり、被爆の心配もあることから、五十一日間の航海中に海水風呂が立てられたのは四回きりだった。衣服の洗濯もままならず、団員たちは放射能だけではなく、水にも悩まされた。

六月二日、初めての「はえ縄漁」を行ない、メバチマグロの胃の中に残っていたイカやエビに弱い放射能を検出した。弱いとはいえ、魚だけではなく、大衆海産物のイカやエビまで汚染されていることは深刻なことだった。

海水中の放射能は、五月三十一日をピークにして、そのあと次第に低下すると、六月五日には、ついにゼロになった。

この日、船は赤道を越えると、そのまま南下し、七日には南緯二度で反転して、北に向かうコースを取った。

いよいよビキニ環礁に近づくのだ。調査団員は被爆の懸念はあったものの、世界で初めて水爆の爆心地付近を調査すると思うと、胸の高まりを抑えることができなかった。

ビキニ環礁へ、あと三〇〇キロまで近づいた頃から、海水の放射能が再び増え始めた。

十二日の午前三時頃、ＮＨＫの科学ディレクター・村野賢哉《むらのけんや》は、誰かが甲板で叫んだ気がして、ベッドの中で目を覚ました。そのあとは、甲板が気になり、眠ることができなくなった。

彼はベッドを出ると、「デンスケ」を肩に掛け、甲板に向かった。デンスケというのは、オープンリールテープを使う可搬型録音機のことで、当時のＮＨＫで頻用されていた。

外に出て向こうを見ると、照明灯に照らされた船尾甲板では、乗組員がはえ縄を投入する作業を始めていた。

船尾甲板に行こうとした時、ポンと肩を叩かれた。

「村野さん」

驚いて振り返ると、後ろに矢部団長が立っていた。

「ビキニに近づくにつれて海水の放射能がどんどん上がっているよ」

「えっ、本当ですか」

村野は団長から詳しい話を聞くと、誰にも気づかれないように電文を書き、通信長をそっと起こして、至急電報を打ってもらった。

そのあと彼はブリッジの観測室に駆け上った。そこでは海水中の放射能測定が行なわれている。観測室に飛び込み、団員の背後からノートを覗き込むと、

「水深五〇メートルから採取した海水、リットル当たり五八〇〇カウント」

と記されていた。

「すごい。これまでの最高値だ」

村野の全身に震えが走った。

やがて船は、はえ縄を引き上げるためエンジンを止めた。そこは北緯十度、東経一六三度五一分で、ビキニ環礁から西に一一〇キロと、それまでの最接近地点だった。

村野はガイガーカウンターを手に提げると、デンスケを肩に掛け、ブリッジを駆け下りた。船尾甲板に行くと、つぎつぎと引き揚げられるキハダマグロ、メバチマグロ、サメなどに、ガイガーカウンターを向けた。

カウンターが激しく鳴る中、彼は涙と波しぶきで顔を濡らしながら、

「何という恐ろしさでしょう。この澄み切った海の中から引き揚げられる魚という魚から、すさまじい放射能が測定されています。水爆実験が終わって一か月以上が経つのに、ビキニ西方一一〇キロの海は、こんなにも放射能で汚れています。水爆は恐ろしい。このままでは、やがて人類の破滅がやってくるでしょう。それでも南洋の海の表面は、穏やかに古代紫の美しさをたたえているのです」

と大声で実況録音を取り続けた。

調査船が日本を出発する前から、ビキニ海域での大気汚染が重視されていた。しかし杉浦と亀田が、空気三〇立方メートル中のちりを集めて測定したところ、最高で十五カウントを示したほかは、放射能はほとんど検出されなかった。

雨については、五月二十二日の雨に、リットル当たり一万七四〇〇カウントが測定されたが、この

ほかは五〇〇カウント以下だった。それでも団員たちは、雨に当たらないように努め、甲板での作業時にはゴム合羽を身に着けた。

六月十三日、船はビキニ環礁の北西方向に進路を取り、十五日に再びウェーク島に着いた。二日後に島を出ると、再び南下し、北緯三度二十四分の地点に着くと、そこで反転して日本への帰路に着いた。

驚いたことに、ビキニ環礁から西方二〇〇〇キロほど離れたところでも、海水にはリットル当たり数百カウント、プランクトンにはグラム当たり一〇〇〇カウント台の放射能を検出した。

これらのことから、

「水爆実験で発生した放射性物質は、海水中に拡散して薄まることはなく、一定程度の濃度のまま北赤道海流に乗って西に移動している」

「放射性物質は、まず海水からプランクトンに取り込まれ、ついで食物連鎖によって、イカや小魚に広がり、最後にマグロ、カツオ、サメなどの大型魚の体内に蓄積される」

という二点が明らかになった。どちらも、日米両政府がまったく予想していなかったことだった。

当時は学者の中でも、意見がまちまちで、水産学が専門の東大教授でさえ、

「放射能は、かなりの大きさの池に赤インクを何滴かこぼしたくらいのもので、これが動いている水に消散する、という表現が最も分かりやすかろう。大洋の水の量の大きさと、その抱擁力の大きさを、

海に育まれているわれわれは知るべきだ。だから汚染マグロも見つかるわけがない」
という談話を発表したものだ。しかし放射能は、海の中で消えることはなく、マグロの体内に溜まっていた。

七月四日、調査船・俊鶻丸は、五十一日間、行程一万七四〇〇キロの大航海を終えて、無事に東京に帰還した。

後日、俊鶻丸の業績について、新聞社から感想を求められた顧問団の三宅康雄（みやけやすお）・気象研究所室長は、

「これほどの偉大な研究成果が得られようと考えた人は、一人もいなかったと思う。この調査の一つの特徴は、単に水産学だけではなく、放射能学、気象学、海洋学、医学などの広い分野の協力によってなされたことである。本調査は、ビキニ水爆によって日本が被った損害の賠償問題に対する、最も強力な裏付けとなるものであり、外交的・政治的意義は極めて大きい」

と述べたあと、

「水爆実験に対する、これほど有力な批判はかつて存在しなかった。今後、水爆実験を強行する国があるとしても、俊鶻丸の調査結果を無視して行なうことは不可能だと思われる。これまで水爆実験について、多くの研究がなされているが、これらはすべて、いかにして上手く水爆を使うか、という研究である。俊鶻丸のみが世界で唯一、いかにして人類を水爆の危険から守るか、というヒューマニズムに立脚した研究を行なったのである。俊鶻丸の調査は、十九世紀のチャレンジャー号探検航海に匹敵

するものであり、人類にささげられた貢献として、末長く人々に記憶され、感謝されることであろう」

と称賛した。

俊鶻丸のビキニ調査は終わったが、米国による太平洋での水爆実験は終わらなかった。一九五六年五月に、米国はビキニ環礁で、初めて高空での水爆実験を行ない、再び太平洋を放射能で汚染した。日本政府はこの時も、前回同様、矢部博を調査団長として、俊鶻丸をビキニ海域に派遣した。

4　無線長の死

四月から五月にかけて、又七たち十六人は、輸血に加えて一〇〇ミリリットルの乾燥血漿を打ち続けた。一部の者は白血球数が増えたが、骨髄細胞の数は依然として少ないままだった。抗生物質も効かず、三十九度の発熱もあり、危険な日が続いていた。

血液学の権威である東邦大学医学部の森田久男《もりたひさお》教授は、

「第五福竜丸で被爆した二十三人は、急性汎骨髄労《きゅうせいはんこつずいろう》にかかり、重大危機にあることを、近く日本血液学会に報告して、世界の医学界に真相を伝える」

と発表した。

彼が言った「汎骨髄労」というのは、血液を造る骨髄が侵され、造血能力を失ってしまう「死の病気」のことで、当時はまだ治療方法が発見されていなかった。

「私が二十年間に扱った患者三十八例では、回復に至った者は九例だけで、他はすべて死亡した。第五福竜丸の場合は、外部と口から毒物が入っているため、一段と難しい症状になっている」

教授は最後に、米国の医師団を非難した。

「私が血液を調べたところでは、二十三人の造血障害は少しもよくなっていない。アリソン駐日米大使の声明にあるような、アメリカ側の医師たちによる『軽症説』は全く非常識である」

初夏を迎えても、又七たちの症状はほとんど変わらず、内部被爆のため、広島・長崎の被爆者に比べて回復が遅かった。

東京第一病院には、東芝の社長も入院していた。又七は、姉が東芝の工場で働いていたことがあり、姉の話がきっかけで社長と親しくなった。

五月末のある日、又七たちの病室にテレビが据えられた。

東芝の社長が、

「今日の夕方、焼津の特集番組があるから、みんなに見せてやってくれないか。見たら、少しは不安がまぎれるだろう」

と言って、自分の個室にあったテレビを社員に運ばせたのだ。

その頃テレビは出たばかりで、米十キロが七〇〇円くらいに対して、テレビ受像機の価格は二十万円ほどと非常に高価だった。庶民には手の届かない家電品のため、テレビを見るのは、大きな食堂の中か街頭テレビに限られていた。

「これがテレビか」

「俺は初めて見た」

「便利な道具ができたもんだなあ」

「焼津にもあるのかな」

ほかの病室の連中もやってくると、治療もそっちのけでテレビにかじりついた。

「始まるぞ。静かにしろ」

又七が言った直後に、特集番組『その後の焼津』が始まった。

冒頭は焼津港の風景で、見慣れた町並みがつぎつぎ映し出されたあと、マイクが道行く若い女性に向けられた。

「東京の病院に入院している第五福竜丸の乗組員から結婚を申し込まれたら、どうしますか？」

アナウンサーが質問すると、彼女は激しく手を振った。

「とんでもない。誰が、あんな人たちと結婚するものですか」

彼女の一言で、病室の空気が一変し、皆の表情がこわばった。

「この野郎」

「顔をしっかり覚えたぞ」

「焼津に帰ったら、ただじゃ置かねえからな」

見ていた者から罵声が飛び交った。

毎日届く激励の手紙や千羽鶴に喜んでいた乗組員たちは、一気に現実に引き戻された。又七は、焼津の人間まで俺たちを白い目で見ているのか、と思うと、やりきれなくなった。

それにしても、ビキニ被爆者との結婚を話題にするアナウンサーもアナウンサーだ。今の時代なら、非難の嵐に遭うことは間違いない。当時はまだビデオカメラがなく、テレビ番組はすべて生放送だったため、放映前にチェックすることは不可能だった。

焼津市民から白い目で見られていたのは彼らだけではなかった。

八月二十二日、第五福竜丸は政府に買い上げられると、海上保安庁の巡視船に曳航され、東京水産大学の品川岸壁に移された。

それまでは焼津港の北岸壁にひっそりとつながれ、市や漁業関係者から、

「早く何とかしろ」

と厄介者扱いされていた。

市の助役は、

「政府が第五福竜丸を買い上げて廃船にするという話があったので、『それなら焼津市が船をもらい受けて、改装して使ったらどうか』と提案したら、『あんな疫病神の巣のような船を焼津に置かれてたまるか』と議会筋から叱られた」

と打ち明けた。

八月二十日過ぎから、又七と同室の久保山無線長の病状が急変したため、酸素吸入が施された。無線長は錯乱し、郷里から駆け付けた妻・すずと母親・しゅんにあらぬことを口走った。

妻には、

「お前、腹を切るって本当か?」

と訊き、

母親には、

「なんで、手を切ったんだ」

と問いただした。

その直後、

「ああ、背中に高圧線が走っている。焼かれてしまう」

と叫び、手足を動かし暴れ始めた。

驚いたすずは、彼を抑えつけると聞き返した。

「今、なんて言ったんだい?」

すると夫はすごい形相で怒鳴り返した。

「いやだ、いやだ。こんなことはもうたくさんだ。何やったって効きゃあしない」

これまで彼は、堪えに堪えてきたが、一気に本音を吐き出した。

そのあと急に静かになり、焦点の定まらない目つきになると、顔の前で手を何度も振って、迫りくる死に神を追い払うような仕草を繰り返した。

　又七は初めて出版した自著の中で、

「久保山無線長の怒りの叫びは、のちに少しずつニュアンスを変えて語られ、書かれ、偶像化されてゆく。『原水爆の被害者は私を最後にしてほしい』という、やわらかな表現になっていった」

　と記している。

　突然の大声に、同室の皆は起き上がって、無言で成り行きを見守るだけだった。又七は、いずれは自分たちも無線長のようになるのか、と思うと、背筋が冷たくなった。

　知らせを受けた主治医の熊取敏之《くまとりとしゆき》医師が血相を変えて駆け付けた。彼は妻と一歳の娘を家に残して、ほとんど毎日病院に泊まり込み、乗組員たちの治療にあたっていた。

「久保山さん。どうしたの?」

　主治医の問いかけに、無線長は答えなかった。

「体がだるいのかい?」

　重ねて訊いても返事はなかった。

　主治医は久保山と年齢が近く、二人はふだんからよく話している。しかしこの時ばかりは、二人の間に会話はなかった。

　あとになって熊取医師は、

「原水爆は、ただでさえ多い病気をなお増やす。作られた業病（ごうびょう）を治療するなんて、医者にとっては迷惑千万な話だ。原水爆も実験も絶対に止めてもらいたい」

と憤っていた。

八月二十九日、久保山は、血液中に胆汁が入って脳症を起こし、意識混濁に陥った。やがてベッドの上に起き上がると、全身を痙攣させて暴れだした。

主治医は担当の看護婦に、

「他の患者を三一一号室に移すように」

と言いつけた。

又七たち五人は隣の病室に移された。皆はベッドには入らず、廊下に出ると、開け放された三一一号室の入り口に立ち、緊張した顔で中の様子を窺った。

久保山は太い紐でベッドに結わえられていた。それでも激しく暴れ、ベッドから落ちる危険があるため、彼は床に敷いた布団に移された。

その夜は、大きな叫び声が壁を通して隣の病室にビンビンと響き渡った。又七は耳を塞ぎ、夜が明けるまでベッドの中で震えていた。

三十日、夜七時三十分、熊取医師が久保山の重態を臨時発表し、ついで十時、零時、二時と、その後の経過を報道陣に報告した。当時はラジオが放送の主流で、国民は録音されたニュースを聞いていた。医師団による懸命の治療にも関わらず、久保山は錯乱と昏睡を繰り返し、回復の兆しをまったく見せなかった。患者の容体は、呼吸数や脈拍まで、院内スピーカーを通して逐一放送される。

又七たちは、院内放送があるたびに、

「つぎは俺の番だな」

「いや俺が先だ」

などと不安そうに言い交した。

とりわけ寝たきりの乗組員は、ベッドで横になったまま、固唾を飲んで、廊下から聞こえてくる院内放送に耳をそばだてた。

九月に入ると見舞いや激励の手紙が急増した。病室の窓の下には、大手新聞社、NHK、ラジオ東京（現・TBS）など、報道各社の車がぎっしり停まっている。報道陣は、病院前の旅館に泊まり込んでいた。

安藤正純・国務大臣、河井弥八《かわいやはち》・参議院議長など、国会議員が相次いで見舞いに訪れた。さらには、水産庁長官や静岡県議会議長も続々とやって来た。

海外のマスコミも久保山の危篤を報道した。

ところが、ニューヨークポスト紙は、

「水爆で火傷をした日本の犠牲者、危篤に陥る」

との見出しを掲げ、「急性放射能症」を「火傷」と言い換えて、水爆で被爆した事実を隠蔽した。

またAP通信は、

「天皇が日本国民に終戦を告げたとき以来、これほど日本人の感情を動かしたことはないであろう」

という、的外れな記事を載せた。

無線長の昏睡状態は九月四日まで続いたが、ある時期昏睡から目覚め、奇跡的に意識が戻ったことがあった。

「みやこ」

小さな声で、娘の名前を呼んだが、目は見えていないように思われた。

けれども、奇跡は長くは続かず、再び意識不明となり、十七日頃から肺炎を併発し、最悪の状態に陥った。

そしてついに、被爆から半年後の九月二十三日、久保山愛吉は四十歳という若さで生涯を終えた。

病室には、家族や仲間たちに加え、必死で治療にあたった医師や看護婦たちの号泣が響き渡った。

母親のしゅんはベッドの手すりを、筋が浮き出るほど強く握ると、かすれた声で繰り返した。

「愛吉。約束が違う。違うじゃないか。前に言ったことと違う」

彼は以前、

「心配すんなって。元気になって退院するから」

と、母親に何度も言っていた。

又七は、自分も久保山のように、七転八倒の苦しみを味わったあとで死ぬのか、と思うと、絶望の淵に突き落とされた。その夜、夢に見た無線長の顔がいつの間にか自分の顔に変わっていた。

朝になり、病室内が明るくなると、彼は横になったままで考えた。

久保山無線長の死にざまは、いつか世間に公表するべきだ。記憶というものは、時が経てば消えてしまうから、言葉か活字にして伝えなければならない。それをするのは、彼の最期を見届けた者の使命なのだ。

又七は二〇〇三年に出版した自著の中で、無線長の最後をありのままに記述した。

七時間にわたる病理解剖の結果、久保山の死因は「急性放射能症」と発表された。内臓のいたるところが、肉眼でもはっきりと分かるほど放射能に侵されており、通常一二〇〇グラムほどの肝臓は、委縮して八六〇グラムしかなかった。肝臓の検体一〇〇グラムには三七カウント、肺臓一四〇グラムには一五カウント、腎臓八〇グラムには一六カウントの放射能が検出された。
九月二十四日、政府は久保山の遺族に五五〇万円の特別支出金を支給した。アリソン駐日米大使は個人の資格で、すず未亡人に一〇〇万円の見舞い金を送った。又七たち二十二人にも、一人あたり五十万円の見舞金が出たが、これは米国政府に要求している補償金の一部で、先払いという扱いだった。

翌日、病院の霊安室で告別式が行なわれた。
残された十五人は、式のあと、幡ケ谷《はたがや》の火葬場に向かう霊柩車を、病室の窓から、泣きながら見送った。
久保山の遺骨は、焼津市にある弘徳院《こうとくいん》に収められた。寺の背後には太平洋に面した虚空蔵山《こくうぞうさん》があり、頂上には「船舶無線電信発祥の碑」が建立されている。寝る間を惜しんで電鍵《でんけん》を叩き、遥か四〇〇〇キロ離れた太平洋の漁場から、モールス信号で船の安否と漁獲を知らせた無線長が眠るには、ここ以上に相応しい場所はなかった。

主のいないベッドを見るたび、又七たちは激しい喪失感に襲われた。見舞いの手紙に返事を書くこともできず、横になったままで塞ぎこんでいた。

「俺たちも、四十歳になったら死ぬのかな」

まだ十代の細根が顔を曇らせた。

「それじゃ、俺はあと十二年だ」

船頭の見崎が寂しげな口ぶりで言った。

「症状は人によって違うから、そうと決まったわけじゃない」

又七がなだめる口調で言っても、だれも相槌を打たなかった。

看護婦は、彼らの自殺を恐れ、以前にもまして気を遣うようになった。便所に行く時は、必ず後をついてきた。

又七が夕涼みのため屋上に行くと、遅れて来た若い看護婦が、少し離れたところで様子を窺っていた。

「俺は飛び降りないから、心配しなくていい」

と言っても、彼女はずっと見張っていた。

十月九日、静岡県漁民葬が焼津市講堂で行なわれ、安藤国務大臣、パーソンズ米国大使館主席公使など、官民合わせて三〇〇〇人が参列した。弔電は一〇〇〇通を超え、花輪は一二八個に及んだ。

ビキニ被災者調査団長の都築正男東大名誉教授は、『中央公論』の十一月号で、「アメリカ政府に関する補償については、医者としては領分外のことだが、患者の今後一生にわたる補償をも求めるべきだと思う。私は久保山さんが亡くなられてから、ますます強くこの問題を考えるようになった。久保山さんの犠牲において知り得たことが、将来この方面の研究に応用せられ、人類の福祉増進のために役立つことを祈りつつ、私は久保山さんの冥福を祈るものである」

と述べた。

久保山の死は、国民の間に反核の大きな流れをつくり、杉並区で始まった原水爆禁止署名運動を大きく前進させた。十月五日、署名は被爆地の広島・長崎などを含めて、全国で二二〇〇万人に上った。

米国ワシントンの国立公文書館には、一連の署名運動を報じた日本の新聞記事の英文訳が保存されている。当時の米国が、日本の反核運動が反米運動につながることをいかに恐れていたのかがよく分かる。

反核運動が激しさを増すと、さすがの米国政府も、最大二〇〇万ドルを日本政府に支払うことを申し出た。しかし、被爆者たちに対する「補償金」ではなく、「見舞金」という名目だった。責任は棚上げしたままで、世論を鎮めるのが狙いだったことは明白だ。

久保山の死因について、米国が見解を示したのは、ビキニ事件から一年以上も経った翌年四月のことだった。

それでもなお、米国政府は非を認めず、米原子力委員会の生物医学部長ジョン・ビューワーの内部

メモには、
「久保山は被爆したが、死亡時に内部被爆はなかった。感染性の肝炎が死因とみられ、肝炎がなければ、彼は生きていただろう」
と記されていた。

十二月に入ると、放射能で汚染された魚の廃棄基準が、従来の一〇〇カウント以上から五〇〇カウント以上に緩和された。この基準は米国側が示したもので、日本政府は何の抵抗もなく受け入れた。放射能の「許容量」がこれまでより引き上げられることになったのだ。

武谷教授は、日本学術会議のシンポジウムで持論を展開した。
「魚の放射能にしても、黄変米《おうへんまい》にしても、許容量というものが存在するという事実は、そういったものは体に入ってこないほうがよいことを、はっきり示しているのです」

ちょうど時を同じくして、黄変米事件が世間を揺るがしていた。政府は、国内産米の不足を解消する目的で、二年ほど前にビルマ（現・ミャンマー）から米を輸入したが、およそ三割の米に、人体に有害な毒素を産生するカビが繁殖し、黄色に変色していた。

農林省（現・農林水産省）は、黄変米が一％以上混入している輸入米は配給に回さないようにしたが、在庫が増え続けると処分に困り、当初の一％以上という基準を三％未満に緩和して配給に回す計画をひそかに立てた。

ところが、この秘密計画が外部に漏れ、「黄変米の配給停止」を叫ぶ市民運動につながった。

武谷は、放射線と黄変米の功罪ついて解説した。

「米国の原子力の教科書には『放射線はどれほど微量でも体の細胞を壊すため、許容量以内でも障害を起こすことがある』と書かれています。しかし一方では、放射線が役に立つこともあります。レントゲン検査を例に挙げると、放射線によるマイナスの影響はあるかもしれませんが、結核を早期に発見するというプラスもあるのです。黄変米の場合も、カビの毒素が体に悪影響を与える可能性はありますが、安い米をお腹いっぱい食べられるというプラスもあります」

そのあと許容量の新しい定義を提案した。

「つまり、許容量というのは、医学的にも、科学的にも意味を持っているわけではなく、あいまいな数値なのです。これは多くの学者が認めていることです。これからは許容量を、利益と不利益のバランスを測る社会的概念と考えて、有益な結果を得るためには､どこまで有害さをがまんできるかという『がまん量』と定義するのがよいと思います」

武谷教授が提唱した許容量の新たな定義は、その後世界的に認められ、「国際放射線防護委員会」が二〇〇七年に出した国際勧告にも反映されている。

最後に彼は、日本の未来を心配した。

「問題なのは、許容量という言葉が海外から日本に入ってくると、その概念が全く変わってしまい、許容量以下であれば、放射線はいくら浴びてもよいのだ、食品はいくら食べてもよいのだ、となってしまったことです。こんな概念で、日本のトップたちが原子力問題や食糧問題を考えることになれば、民族の危機とでもいうべきものです」

多くの日本の物理学者ですら、許容量の概念をはき違えていた。

大阪大学の某教授は、

「エックス線技術者に、相当の障害者を出し続けているような状況では、ビキニマグロをあまり攻撃する資格もないわけである」

という意見を述べ、レントゲン技師の被爆の問題と、国民が汚染マグロを食べてよいか否かという問題とは、まったく違う問題であることを理解しなかった。

官僚の意見にも、許容量の概念を取り違えているものが多かった。

厚生省・環境衛生課のある課長は、

「有毒なメチルアルコールも、普通の酒に入っているが、許容量以内だから、みんな平気で飲んでいる。だから黄変米も大丈夫。心配するほうがおかしい」

と言って、国民を説得した。

汚染マグロの廃棄基準の緩和から時を置かず、十二月二十二日、政府は突如として、放射能検査の打ち切りを閣議決定した。この背景には、米国原子力委員会の強い関与があったことが、後に公開された米国の公文書で明らかになっている。

成立したばかりの鳩山一郎《はとやまいちろう》内閣は国民に向けて、

「魚類に沈着している放射性物質は、危険度が極めて小さい元素であり、人体に危険を及ぼす恐れが全くないことが確認された」

という、あいまいな中止理由を発表した。

東京都は、初めは政府の方針に反対したが、結局は二十八日に検査の中止を受け入れた。検査の打ち切り後も、市場に入荷した魚の中には、五〇〇から一二〇〇カウントの放射能を検出したものがあった。

現代においても、日本政府はビキニ事件の時と変わらず、放射線に対する許容量の明確な定義を持っていない。

環境省のＨＰにある福島原発事故による被爆地の除染に関する「質問と回答」では、

「除染の具体的な目標はありますか?」

という質問には、

「除染による放射線量の低減目標は設定していませんが、除染、モニタリング、食品の安全管理、リスクコミュニケーション等の総合的な対策による放射線防護の長期目標は、個人が受ける追加被爆線量が年間一ミリシーベルト以下になることとしています」

と答えておきながら、

「その数値を決めたのは、年間一ミリシーベルト以上だと健康に影響があるからですか？」

という質問には、

「個人が受ける追加被爆線量が年間一ミリシーベルトという数値は『これ以上被爆すると健康に影響が生じる』という限度を示すものではありません。『安全』と『危険』の境界線を意味するものでもありません」

と逃げを打っている。

これを読んだ国民は、

「それじゃ、年間一ミリシーベルト以下という、除染の長期目標はどこから出てきたのだろうか？」

と首を傾げる。

さらには、

「帰還困難区域の解除目安として政府が定めた除染後の数値は、信頼してもいいのだろうか？」

と不安になる。

放射線の許容量に対する政府の考え方は、原発の運転期間にも反映されている。

新しい科学的根拠が提起されたわけでも、新発見がなされたわけでもないのに、それまで「運転期間は四十年」と規定されていた原発が、ある日突然「六十年超の運転が可能」のお墨付きをもらう。

科学の世界では「真理はひとつ」というが、政府内には「別の真理」が存在する。

武谷教授の言葉を借りるなら、

「原発の運転可能期間も、放射線や有害食品の許容量と同じで、科学的な意味を持っているものではない。利益と不利益のバランスを測る概念であり、政府の方針によって、いかようにも変わりうる」

ということになる。

国際原子力機関（ＩＡＥＡ）によると、世界最長の運転期間はインドのタフプール原発一号機と二号機の五三年一か月だ。原発が六十年を超えて運転した実例は、これまで一つも報告されていない。

原発の停止期間中でも、機器、配管、電気ケーブル、ポンプ、調節弁など、原発を構成する部品や材料の劣化を止めることは不可能だ。また日本の原発は、最初から耐用年数を四十年と想定して設計されているうえ、劣化した一部だけを新品に交換することもできない。

日本は、世界初となる「原発の六十年超運転」に挑戦しようとしているが、初めから「延長運転ありき」の姿勢で臨むならば、原発の審査基準が甘くなり、点検漏れ、劣化程度の矮小化、損傷個所の隠蔽などにもつながりかねない。

延長された運転期間中に放射能事故が起こっても、政府は福島原発事故の時のように、「想定外の事故だった」と言って済ませるだろうが、被災した住民はそうはいかない。日本国民が、広島・長崎、ビキニ核実験、そして福島原発事故につぐ四度目の核被災に遭うことがないように、心から願うばかりだ。

5　武谷三男の慧眼

一九五二年四月二十八日、サンフランシスコ講和条約が発効すると、連合国による占領は終わりを告げ、日本は主権を回復した。しかし同時に締結された日米安全保障条約によって、米国との同盟関係が成立したため、日本は東西冷戦の中で西側陣営に組み込まれ、米軍の駐留が恒常化された。

講和条約には、原子力研究の禁止や制限の条項は含まれていなかった。米国は条約の締結と引き換えに、原子力研究の自由を日本に与えたのだ。

日本政府はだいぶ前から、原子力の解禁に向けて、着々と準備を進めていた。一九五一年二月、若手国会議員で青年将校の異名を持つ中曽根康弘《なかそねやすひろ》は、日米講和条約の交渉で来日した米特使ジョン・ダレスに、

「独立後の日本に原子力研究の自由を認めてほしい」

との文書を手渡した。

ビキニで被爆した第五福竜丸が日本に向かっていた一九五四年三月三日、自由、改進、日本自由の保守系三党は、戦後初となる二億三千五百万円の原子力予算を突如として国会に提出した。予算の策定で中心となったのは改進党所属の中曽根議員だった。修正予算案は、翌四日にあっさりと可決された。

予算案の可決を知った武谷は、日本学術会議の科学者たちと共に国会に押しかけた。終戦後、日本の科学界で一番先に活動を始めたのは理論物理系の科学者たちで、武谷も早期に研究を再開していた

ため、科学者の国会といわれる学術会議の会員二百十名の一人に選ばれていた。

「われわれに何の相談もなく原子力予算を決めるとは言語道断だ。中曽根代議士を始めとする政治家たちは、原子力開発の案を思いつきで出したのにすぎない。われわれは、科学に無知な政治家が言い出すより何年も前から、原子力の平和利用について議論してきた。予算がついても、科学者抜きでは着手するのは難しい」

武谷たちは強く抗議し、予算案の撤回を求めた。

その時中曽根が、

「学者たちがボヤボヤしているから、札束でほっぺたをひっぱたいて目を覚まさせたのだ」

と言い返したという。

けれども、科学者たちは、決してボヤボヤしていたわけではなかった。

政府が原子力予算を可決する二年前に、武谷はすでに、

「原子力は原爆として使われたが、原爆に使うのではなく、平和利用に使えば、非常に大きな人類の財産となる」

と機会あるごとに、多くの人々を説得していた。日本の科学者で、原子力の平和利用について説いたのは彼が最初だった。

「小国のノルウェーが、オランダと協力して原子炉を造りあげることに成功した」

という報道を目にすると、彼はますます自信を深め、

「日本も独自の原子炉を直ちに造るべきだ」

と、新聞や雑誌などで主張した。

しかし、他の科学者たちはそうではなかった。

講和条約が発効すると、学術会議の中では、原子力研究の是非について議論が交わされ始めたが、戦争協力への反省と戦争拒否の決意から、多くの科学者たちは原子力研究に消極的だった。

一九五二年年十月二十三日、学術会議の総会が東京で開かれた。

「本日の議題は、政府から提案のあった科学技術庁設立についてであります。わが国の工業発展に原子力発電は不可欠です。そこで学術会議としましても、科学技術庁の設立案に賛成し、さらに政府内に、原子力研究を検討する委員会の設置を提案することにしました。本日は、これについて、会員諸氏の了承をいただきたいと思います」

議長がそう言って、会場に目を向けた時だった。

「発言を求めます」

鋭い声と共に、広島大学の三村剛昂《みむらよしたか》教授が立ち上がった。彼は爆心地からわずか一・八キロの自宅を出た時、原爆の熱風と爆風に打たれ、出血多量で生死の境をさまよい、十日間寝たきりとなった。

「私は原爆をよく知っている。その死に方たるや、実に残酷なものだ」

教授の首筋には、痛々しい火傷の痕が残っている。

「原子力発電、原子力発電と盛んに言われるが、原子力が政治家の手に渡ると、何十万人もの人間がいっぺんに殺される。さきほど議長は、委員会の設置を政府に働きかけると言われたが、そのような発想は言語道断と言わざるを得ない」

会場は静まり返り、教授の声だけが響き渡る。

「世界中がこぞって、平和的な目的で原子力を使うということがはっきりするまで、日本は原子力研究をやってはいかん」

教授の声は涙声になっていた。

「原爆の惨害を世界中に広げることが日本の武器。文明に乗り遅れるというが、文明に乗り遅れてもいい」

彼の発言は、あとになって「涙の大演説」と語り継がれた。

三村教授の意見は、圧倒的多数の支持を集めた。被爆者本人の言葉だからこそ、説得力があった。

結局、学術会議でも、

「原子力研究は、政府の介入を招き、ひいては核兵器の開発につながる恐れがあるから急ぐべきでない」

という結論に落ち着いた。

ところが、その時から二年も経たない一九五四年三月三日に、政府は科学者たちの意見を聞くこともなく、原子力予算を国会で抜き打ち的に可決したのだ。

武谷は、三月二十九日付の新潟日報で、

「突然、幽霊のように原子炉予算なるものが、あっというまに国会を通ってしまった。中曽根代議士の話をラジオで聞くと、政治家たちが原子力について、いかに無知であったのかがよく分かる。議員たちも海外視察団に同行したというが、彼らの話は海外などに行かなくても、もう何年も前から日本の通俗科学書にのっている程度のものである。われわれが出した原子核研究所の予算を半分に削っておきながら、原子炉の予算を無計画に計上するなど、無知も甚だしい」

と批判し、

「原子力の研究には原子核の研究が不可欠である。それなしに原子炉などできるものではない。われわれは、はるか以前から先見の明をもって討論していたので、やはり政治家は学者の言うことに耳を傾けたほうが正しい政治ができる」

という持論を述べた。

武谷が、

「政府は原子炉予算を無計画に計上した」

と言ったことは当たっている。国会に出された予算二億三千五百万円は、核分裂しやすいウラン二三五の語呂合わせだった。

一方、工学系の科学者や電力会社の人間は、

「政府がゴーサインを出したのに、物理学者はなにを言っているのだ。原子力というものは、すぐに始めなければならないし、すぐに始めて悪いことではない」

と主張した。彼らの多くは、原子炉の設計・製造の困難さや放射能による被爆の恐ろしさを分かっ

てはいなかった。

　そうこうするうちに、

「いっそのこと、物理学者抜きで原子力研究を始めよう」

　と言う声さえ聞こえて来た。

　しかし彼らの真の狙いは、

「政府から出る補助金を受け取る」

「何でもいいから手を挙げて、今からツバを付けておく」

　というものだった。


　それでも武谷は、原子力の平和利用には賛成だった。しかしそれには、次のことが前提になる。

「日本で行なう原子力研究の一切は、国民に公表すべきである。また日本で行なう原子力研究には、外国の秘密の知識は、一切教わらない。また外国と秘密な関係は、一切結ばない。日本の原子力研究所のいかなる場所にも、いかなる人の出入も拒否しない。また研究のため、いかなる人がそこで研究することを申し込んでも、拒否しない」

　この前提は、オランダと共同で運営しているノルウェーの原子力発電所の方針を参考にしてまとめたものだ。

この発電所は非常にオープンで、日本人科学者が旅行で近くに行った時、ふらりと立ち寄って、

「私は日本の物理学者だが、中を見学させてはもらえないだろうか」

と頼むと、何の問題もなく、隅から隅まで見学させてくれたそうだ。

武谷は自分が考えた原則を、

「日本の自主性を重んじ、長期に渡って自力で原子力研究を行なうこと」

「研究活動を民主的に行なうこと」

「原子力に関する一切の情報を、完全公開すること」

という三点を骨子とした、

「原子力平和利用三原則」

と呼び、短くは、

「自主・民主・公開」

と表現した。

日本学術会議は、武谷の三原則を審議したあと、四月末に学術会議声明として政府に申し入れた。

政府主導による原子力予算の登場は大きな波紋を呼んだ。科学界のみならず、マスコミも一斉に反対の声を上げたが、予算成立を阻むことはできなかった。

けれども武谷は、あきらめることなく政府を批判し続けた。

八月九日付の河北新報では、

「今年になって、日本で突如として政治家が原子力発電について騒ぎ出し、原子力予算が出された。これもまことに奇妙なことである。原子力は科学技術水準の上にのみ築き上げることができるものである。これをなおざりにして、マジナイのようにこれに希望を託すわけにはいかない。立派な科学技術政策の上に原子力計画が立てられ、その計画に従って原子力予算が出されねばならない」

と自説を述べ、

「ところが今年の原子炉の予算はなんの見通しもなく突如として現れた。何故に突如として原子炉予算二億三千五百万円が現れ、学者の反対を無視して直ちに国会を通過し、しかもこれが、科学から技術へ、ついで生産へと順をふまずに、いきなり通産省に出されたのだろうか。こんな奇妙なことは、そこに汚職があるか、アメリカの指示があるかとしか考えられないことである。おそらく、改進党の中曽根氏も日本政府も、アメリカから指示を受けたに違いない」

との疑念を示した。

武谷がそう思うのには理由があった。

国会で予算案が可決されたのは、中曽根議員が米国から帰国してわずか一週間後のことだった。彼は米当局から、原子力開発に着手するのを急かされたことは間違いない。

さらに武谷は十二月に、

「去年まで原子力のゲの字にも関心を示さなかった人たちが、今年になって急に熱を上げ出したことは、アイクの線に押されたせいでなければ幸いである。日本としては、日本の事情と世界の将来とをよく見比べた上で、日本独自の原子力計画を慎重に設計することこそ先決問題なのである」

と朝日新聞に書いている。アイクというのは、米国大統領・アイゼンハワーの愛称だ。

武谷の心配ももっともなことだった。

米国大統領は、

「原子力の開発に一番有望な国は日本と英国である」

とぶち上げたが、本心では、

「原子力発電は十五年後までは、採算がとれるものではない」

と分かっていた。

要するに日本は、まんまと米国の口車に乗せられて、原発導入の実験台にされたのだ。

武谷は八月八日付の中国新聞で、

「最近になって米国政府は日本の原発導入に気味が悪いほど積極的に援助の手を差し伸べ始めた。広島・長崎で世界初の原爆を被った日本は、ビキニで再び水爆に洗礼された。そして三たび原子力開発のためのモルモットにされないよう、今から警戒するのは、果たして原爆恐怖症のとりこし苦労であろうか」

と述べている。

当時は、ソ連、英国、米国、そしてフランスが発電用原子炉の実用化に取り組んでいた。米国とソ連の炉は濃縮ウランを、他の二国の炉は天然ウランを燃料として用いるものだった。

ウランの濃縮設備を持つ米国は、濃縮ウラン込みで米国製原子炉を導入するよう小国に働きかけ、原発と核燃料をエサにして、味方になる国を増やそうとしていた。

日本では、米国の原子炉を導入する空気が強かった。

しかしそうするためには、日本は米国のひも付きにならねばならない。

武谷はその点を最も心配した。

当時、米国の原子力工場には、機密保護の要員が多数配置されていた。日本が米国のひも付きになり、米国製の原子炉と濃縮ウランを受け取ることになれば、日本にも米国の「原子力機密保護法」が適用される。

ビキニ事件で、国民があれほどのことを知り得たのは、日本に機密保護法がないからだった。もしも機密保護法があったなら、国民は第五福竜丸の名前や米国の水爆実験でマグロ漁船員が被爆したことも知らなかったし、久保山愛吉という名の無線長が半年後に死んだことも知らなかっただろう。放射能で汚染されたマグロを魚屋で買い、何も知らずに食べていたはずだ。

日本に米国製の原子炉が導入され、原子力機密保護法が適用されると、原子炉は秘密のとばりの中で運転される。そこから放射能が漏れ出しても、国民はそのことを何も知らない、という危険に陥るのだ。

さらには日本政府が、

「原子炉で生成するプルトニウムを利用して、国民には知らせず、自衛のための原爆を製造しよう」と企むかもしれない。

武谷が提案した三原則の中に、

「原子力に関する一切の情報を、完全公開すること」

という文言が入っているのは、原子力利用において、政府が暴走するのを阻止するためだった。

自主・民主・公開のいわゆる「原子力平和三原則」は、学術会議にとっては原子力の軍事利用を防ぐための最低限の歯止めだった。

しかし皮肉なことに、この三原則はあとになると、多くの科学者にとっては、政府の原子力研究に力を貸す時の免罪符となってしまった。

「三原則に則った原子力は『善』であり、これに反する原子力は『悪』である。原子力発電は原子力の平和利用であるから、われわれは原発の推進に積極的に協力しなければならない」

科学者たちはそのように考えた。

政府は三原則を受け入れるふりをしつつ、原子力平和利用研究の委託金という名目で、多額の研究費をばらまいた。これが功を奏し、学術会議から多くの科学者を政府の研究計画に引き入れることに成功した。中曽根の「札束でほっぺたをひっぱたく」という作戦は見事に当たったのだ。

こうして、三原則の提唱を契機に、多くの「御用学者」が誕生した。御用学者というのは、政府などの権力側に迎合し、都合のよい学説を唱える学者を意味する。

しかし武谷は、御用学者にはならず、新聞などのマスメディアを通じて、徹底的に政府を批判した。

当時作成された政府の極秘文書には、

「武谷三男は、極左的な原子核物理学者であり、政府が推進する原子力政策にとって大きな障害物である」

と記されていた。

中曽根代議士は、選挙地盤の高崎市で、

「高崎市にある観音山の土地の起伏が、米国の原子力研究所の地形に非常によく似ているから、ここに原子力研究所を誘致するべきだ。そうなったら、三百億円がこの市に転げ込む」

と広言した。

この話を聞いた武谷は、

「地勢が原子力研究所に適しているかどうかは専門家が調査して学問的に決定すべき問題であって、中曽根氏はいつ原子力を専門に勉強したのかは知らないが、そんな生兵法《なまびょうほう》で原子力を扱うことになれば、とんだ災害を国民に及ぼすことになる」

と痛烈に批判した。

また政府高官の、

「原子兵器の生産などは、毛頭考えていないのに一部左翼の学者はそれを口実にして科学進歩を阻害している」

と言う発言に対しては、三月二十九日付の新潟日報で、

「物理学者の誰一人として、日本の原子炉は原爆製造の危険があるからと言って反対しているのではない。自分に反対の意見は、なんでも左翼だと言って葬るほうが科学の進歩を阻害している。科学者たちは、政府の無計画な出発を恐れているのである。実験用原子炉といえども、将来の発展の方向を立ててはじめて設計ができるのである」

と反論した。

六月五日付の読売新聞では、

「原子力は日本にとって重要だが、まだ現在は厚生省と文部省の段階である。なかんずく、『死の灰』の処理、人体に対する防護の研究を十分にやってからでないと、取り返しのつかぬことになる。無計画な原子炉予算は、混乱と汚職を巻き起こすにすぎないのではないかとさえ思われる」

と憂慮した。

武谷は常々、

「原子力が科学者の手を離れて、国家権力に渡ると一人歩きを始める。危険なのは、核が暴走したら、政府だけでは手に負えなくなることだ」

と言って、日本の原子力政策が政治主導で進められることを危惧していた。

果たして日本国民は、五十七年後の二〇一一年三月十一日に、武谷の慧眼《けいがん》を知ることになる。

第三章

1　誹謗と妬み

　年が明けた一九五五年一月六日、又七たち二十二人は、八日間にわたる正月休みを終えると、郷里から東京に戻り、それぞれの病院に再入院した。

　又七が自分の病室に入った時、船頭の見崎が慌ただしく入ってきた。

「これを読んでみろ」

　見崎は又七に朝日新聞の四日付夕刊を突き出すと、声を荒げた。

「くそ。俺は頭に来た」

　彼が示した紙面には、

「慰謝料七億二千万円」

　という主見出しのほかに、

「ビキニ補償、日米交渉妥結」

「政治的に解決」

「法律問題はタナ上げ」

などいう見出しが載っていた。鳩山内閣は、ビキニ事件の決着を新年の初仕事としたのだ。

「だけど、これっぽっちしか出さないなんて、アメリカもケチだなあ。日本政府は、増額を要求すればいいのに」

又七は不満げな口ぶりで言った。

「これで解決なんて、俺は絶対に納得しないぞ。俺たちが退院しあとも、一切の責任は日本政府がとるべきだ」

見崎は言ってから、同意を求める目を又七に向けた。

米国の核実験により、マーシャル諸島周辺で被災した日本の船は一〇〇〇隻にも及んだが、日米両政府が最終的に合意した金額は、わずか二〇〇万ドルだった。

そのうえ米国政府は、ビキニ事件については、法律上の責任を一切認めなかったため、日本に払う金は人道上の「ほどこし」という意味を込めて、「補償金」ではなく「見舞金」の名目にした。

二〇〇万ドルは、議会に諮らず支出可能な金額だった。

日本政府は米国の方針に異を唱えることもなく、

「この見舞金で、ビキニ事件に関しての米国の責任を今後一切問わない」

と約束し、あっさり事件に幕を引いた。

なぜ日本政府は、わずかな見舞金でビキニ事件を決着させたのか。

その答えは、事件決着から間もない一週間後に、米国政府から日本政府に濃縮ウランの受け入れを打診する書類が届けられた事実にあった。

ウラン鉱石は、国内では産出しないため、原子力発電所の建設を目指していた日本は、燃料の濃縮ウランを米国から買う以外方法はなかった。米国政府が「ビキニ事件決着」を「濃縮ウラン提供」の取引材料にしたことは明らかだ。

日本の外務省は、反核運動で盛り上がっている国民世論の反発を恐れ、このことを外部には一切秘密にした。そのため、三か月後に朝日新聞がスクープするまで、国民はウランに関する日米間の密約を知らなかった。

新聞にスクープ記事が出た時、今回も見崎が真っ先に怒りの声を上げた。

「要するに俺たちは、原発建設の人柱《ひとばしら》にされたんだ」

そのあと他の仲間からも、政府の悪口がつぎつぎに飛びだした。

「こんな少ない見舞金で手打ちにするなんて、日本政府もだらしねえよな。アメリカの言いなりじゃねえか」

「一日も早く終わらせたかったから、アメリカと交渉して金額を増やすなんて、考えなかったんだろうよ」

「俺たちの治療より、原発のほうが大事だということさ」

「人の命は〜、重いというが〜、俺たちの命は〜、ウランよりも軽い〜」

誰かが自虐的に、歌うような口調で言うと、そのあと病室は重苦しい沈黙に包まれた。

一九五五年五月二十日、第五福竜丸の二十二人は、一年二か月に及ぶ入院生活に別れを告げ、そろって退院した。退院したといっても、皆の体が元に戻ったわけではなく、肝臓は腫れたままで、軽度の下痢も続いていた。

退院の三日前に、市や県との打ち合わせで、

「今回の退院は治療の一環として行なうもので、再度入院の場合は別のものとせず、これらの費用は一切船員保険で実施する」

と決められた。

退院後に実施される、年に一度の検査は、当面は国立東京第一病院や焼津市立病院で、二年後からは千葉市稲毛に開設予定の放射線医学総合研究所（放医研）で受けることになった。放医研は、ビキニ事件をきっかけに設立が決まった科学技術庁所管の国立研究所だ。

又七は実家に着くと、荷物を置くなり、畳の上に大の字になった。

「ああ。やっと帰って来た」

漁を終えて帰った時とは違う気分だった。

横に座った母親が、息子の顔を見ながら、しみじみと言った。

「長い間、ご苦労だったねえ」

「ああ。長かったよ。だけどこれからは、定期診察だけだから、気が楽だ」

退院前に聞いた話では、三、四人で一グループをつくり、年に一回、一か月ほどかけて集中的な検査

を受けるということだった。

「今度、病院に行くのはいつになるんだい？」

「まだ決まっていないけど、今年はもう行かなくてもいい」

「それならゆっくり養生できるね」

彼女はほっとした表情を浮かべた。

又七は翌日から、自分の体調と相談し、天気のよい日は近場を散策した。

ところが意外なことに、正月休みで帰省した時より、道で会う人間がよそよそしくなっていた。馴染みの雑貨店で買い物をしても、顔見知りの店員は事務的な会話をするだけで、世間話をすることもなかった。

何より不思議だったのは、今回は誰も家を訪ねて来ないことだった。今年の正月には、まるで有名人でも来たかのように、入れ代わり立ち代わり訪問客があり、積もる話に花を咲かせたものだ。

理由が分かったのは、道で中学時代の同級生に会った時だった。

又七は両手を広げ、久しぶりの再開を喜んだ。

「おお。竹田。しばらく会ってなかったな。元気か？」

竹田陽介《たけだようすけ》は又七と同じ年で、第三光徳丸《こうとくまる》という遠洋漁業船の乗組員だ。

「又七。東京の病院に入院しているんじゃなかったのか？」

「退院して帰って来たんだ」

竹田は、又七の帰郷を喜ぶ表情は見せず、意外な言葉を口にした。

「退院しても、東京にいたほうがよかったのに」

「お前、何を言いたいんだ？」

又七は、棘のある口ぶりで確かめた。

竹田は初め言いよどんでいたが、意を決したように打ち明けた。

「いや、実はな。福竜丸が騒ぎを起こしたお陰で、焼津の評判がガタ落ちだ。そんなことをしたのに、自分たちだけ金をもらうのは許せない。……町の連中や焼津の漁師たちが、そんなことを言ってるんだ。だからお前は、ここにいないほうがいい」

「ひどい……」

又七はこれしか言葉が出てこなかった。東京に転院する時に見た、焼津市民や吉田町民の盛大な見送りを思い出すと、竹田の言葉が嘘に聞こえる。

ビキニ事件が決着すると、第五福竜丸の二十二人には総額四四〇〇万円の慰謝料が認められ、一人当たり二〇〇万円が政府から支給された。世間が報道でそれを知ったのは、又七たちが正月休みを終えて、東京に戻ったあとだった。

核実験が実施された時、ビキニ近海にいたのは、第五福竜丸だけではなかった。焼津を母港とする他のマグロ漁船に加え、鹿児島、宮崎、高知、静岡、神奈川の各県から出港した、およそ一〇〇〇隻の船が現場海域で操業していた。当然のことながら、これらの漁船も被災した。

高知県太平洋核実験被災者センター事務局長の山下正寿《やましたまさとし》氏は二〇一一年に、高知県のマグロ漁船の追跡調査について、

「第二幸成丸《こうせいまる》は東京・築地に入港するまで、合わせて三回の核実験に遭遇した。二十人の乗組員を追跡調査すると、四人がガンで、四人が心臓発作で死んでおり、八人とも四十代から六十代の比較的若い者だった。操業中に死の灰を浴びた新生丸《しんせいまる》では、ガンで四人、心臓発作で二人が死んでおり、そのうち三人が五十代だった。第五海福丸《かいふくまる》では、乗組員五人がガンで死んでおり、生存者も、リンパ腺ガン、結核、胃潰瘍などで手術を受けている。三漁船のいずれも、第五福竜丸に近い位置で操業していた船で、乗組員のガン死亡率は、広島原爆爆心地から一キロ以内の原爆被爆者よりも高く、全員が深刻な被爆をしていたと推定される」

と報告している。

しかし日本政府は、第五福竜丸以外の船については被災事実を隠蔽し、見舞金などを一切出さなかった。

これでは、被害を受けながら、何の補償も受けなかった他船の漁船員はおさまらない。彼らの怒りは、政府ではなく第五福竜丸の乗組員に向けられた。

「なんで、お前たちだけ金をもらったんだ」

「やっぱりソ連のスパイだったんだな」

「あの金は、政府の口止め料なんだろう?」

退院した二十二人は、程度の差はあったものの誹謗と中傷の嵐に巻き込まれた。

羨望と妬みから来る漁業関係者の怒りの声は、やがて乗組員の家族にも向けられた。

又七の母親は、八百屋にいた買い物客から、

「大石さん。息子が政府から金をいっぱいもらったんだから、東京に行って、もっといい服を買ってきなさいよ」

と嫌みを言われた。

夏になっても、又七への攻撃は止まなかった。ある日、名前を名乗らない女性からの電話があった。

「あなたが受け取った見舞金は、政府から出た公金で、いわば国民の血税です。全額を戦争未亡人などの苦労している人のために、寄付するべきです」

彼は何も言わずに電話を切ると、じっと考えた。

世間の連中は、放射能に被爆することがどれほど恐ろしいのか理解もせず、見舞金だけに目が行っている。久保山無線長の死にざまを見ても、同じことが言えるのだろうか。

九月になると、地元の漁師から、

「俺もあの時、マグロ船に乗っていてピカドンで被爆した。だけど政府からは、一円ももらっていない。だからあんたが俺の借金を肩代わりしてくれ」

と電話で頼まれた。

又七は、言い返したいことは山ほどあったが、言えば喧嘩になるだけだと思い、

「今、忙しくて、話している暇がない」

と言って電話を切った。

彼は手に持った受話器をじっと見つめると、唇をかみ、心の中で反論した。

「それじゃお前は、俺の肩代わりをして、体の中にある放射能を引き取ってくれるのか。そうしてくれるなら、見舞金全額をお前にくれてやってもいい」

見舞金の全額と言っても、漁協から生活費として借りた五十万円は、しっかりと引かれていた。

その夜又七は、布団に入っても、朝まで一睡もしなかった。

カーテンの隙間から朝の光が入ってきた時、彼は一言、

「東京だ」

と呟いた。

このまま地元で暮らし続けると、恐れることは二つある。一つ目は、住民の誹謗と中傷で、もう一つは、いつ爆発するか分からない、体内に潜んでいる放射能という爆弾だ。

しかし東京に移り住み、大勢の人間に埋もれて、自分が被爆したことを隠して暮らすのなら、偏見と差別から逃れることができる。それだけではない。いざという時には、設備の整った病院に入院することも可能なのだ。

「よし。この町を出て、一から人生をやり直す」

こうして又七は東京行きを決心した。

2　天啓

それから三年半が経ち、一九五九年の五月末を迎えた。

東京の街角では、街路樹のハナミズキが満開になり、雪をかぶった北国の木のように青空から浮き上がっている。

又七は台所にいる妻に声を掛けた。

「則子《のりこ》、東京オリンピックが決まったよ」

則子は夫の声を聞くと、居間にやって来た。

「ここを見てごらん。アジアで初だってさ」

彼が朝刊の記事を指さすと、彼女はくりっとした目をさらに大きくさせた。

「まあ。すごいこと」

そのあと心配そうな目つきになった。

「だけど開発で、この辺りも変わってしまうんだろうかね？」

「飛行機の発着回数が多くなるから、騒音がひどくなる」

又七は妻の疑問には答えず、別のことを心配した。彼は一九五五年の十一月に上京すると、クリーニング店の見習いとして働き始めた。やがて独立し、今では大田区で小さな店を開いている。

クリーニング店は、一般商店に比べると接客の機会が少なく、世間から隠れて暮らす人間には適した職種だ。他人と話すのは、洗濯物の受け渡しの時だけで、一日の大半は作業場にいて、一人黙々とアイロン台に向かうだけでよい。

店のほうから、美佐江《みさえ》の声が聞こえた。

「こちらは大洋《たいよう》クリーニング店です。お電話、ありがとうございます」

彼女は則子と同郷の十六歳で、先月から手伝いに来ている。

「旦那さん、ちょっとお願いします。私の分からないことなので……」

美佐江は受話器を手に持ったまま、居間に向かって助けを求めた。

又七は素早く立ち上がった。たくましい両肩とまっすぐな姿勢は、元は漁師であることを彷彿させる。

「よし、交代だ。美佐ちゃんはお茶にするといい。お饅頭があるよ」

彼は美佐江から「旦那さん」と呼ばれると、照れくささと同時に、世帯主としての責任を実感する。

夜になって店を閉めると、家の中が急に静かになり、窓の外から早くも虫の声が聞こえてきた。

美佐江は夕食の洗い物を終えると、結婚して三か月しか経たない二人に遠慮したのか、

「おやすみなさい」

と言って、早々と自分の部屋に引き上げた。

又七は向かいに座っている妻に、意味ありげな目を向けた。

「あのな。言っておきたいことがあるんだけど……」

「えっ、なに？」

則子がきょとんとした目を返した。

又七は初めためらっていたが、思い切って白状した。

「実は俺、ビキニの被爆者なんだ。今まで黙っていて悪かった」

彼女は拍子抜けしたような顔をした。

「なんだあ。そのことか」

「知っていたのか？」

「うん。結婚する前から知っていたよ」

又七は妻の言葉に驚いた。てっきり、知らずに結婚したとばかり思っていた。

「結婚する時、不安じゃなかったのか？」

「全然気にしなかったよ。又七さんがすごく優しい人だから、他のことはどうでもよかったんだ」

彼女はこともなげに言ったが、父親には、

「お前をピカドンにやるわけにはいかない」

と猛反対された。

「そうか。それを聞いて安心したよ」

「どうして、急にそんなことを？」

「被爆者だと知ったら、離婚するなんて言いだすかと思ったからさ」

則子は子供を見るような優しい視線を夫に向けた。

「大丈夫よ。そんなこと、絶対に言わないから」

妻の明るい声は、彼の不安を吹き払った。


クリーニングの仕事も順調に増え、年が改まると、一九六〇年を迎えた。

一月十八日の未明、又七は、妻が出産のために入院している病院から電話を受けた。

「あの、三菱病院の産婦人科ですが、大石則子さんのご主人様はいらっしゃいますか?」

「私がそうですが……」

「すぐに病院にいらしてください」

「はい。分かりました」

又七は勢いよく受話器を置いた。ついに初子《はつご》が生まれたのだ。まだ眠っている美佐江に宛てた置手紙を書くと、急いで外に出た。

病院までは一キロしかない。暗い道を歩きながら、男と女のどちらだろうか、と一人笑いを浮かべた。

しかし、初子誕生の喜びを押しのけるように、

「被爆者には奇形児が生まれる確率が高い」

という新聞記事が目の前に浮かび上がった。

妊娠を知ったあと、今日にいたるまで、口には出さなかったが、心の中には恐れと不安が渦巻いていた。

則子から、放射能が胎児に与える影響を質問されたら、どう答えればよいのだろうか。産むのを止めると言われたら、なんといって説得するとよいのだろうか。

彼は毎日、今日こそ則子は被爆のことを言い出すのではないだろうか、とびくびくしていた。けれども妻は、一度も口に出さなかった。それが返って不安を募らせた。故郷の親兄弟が喜んでくれればくれるほど、不安の霧は深くなった。

又七は顔を上げると、不吉な予感を振り払うように、足を速めた。

病院に着くと、産科病棟に直行し、祝福の言葉を期待して、看護婦室のドアをノックした。

「大石です」

彼が名乗っても、応対に出た看護婦は笑顔を見せなかった。

「お気の毒です。死産です」

彼女の口から出たのは、残酷な言葉だった。恐れていたことが現実になったのだ。

又七は、視界が狭まり、深い谷底に落ちていく気がした。

「そんな馬鹿な……」

緩みかけていた頬はこわばり、体がふらついた。

ようやくドアを閉めると、震える足をなだめながら、妻の病室に向かった。早朝のため、院内は静まり返っている。足音を殺し、長い廊下を進んだ。

病室の引き戸を開けると、六人部屋の入ってすぐのベッドだけカーテンが引かれていた。中に入り、ベッドの横に無言で立っていると、それまで壁のほうを見ていた妻が、横になったままで静かに振り返った。顔には涙の跡が残っていた。

口は閉じていても、彼女の目が、

「申し訳ありません」

と、はっきり言っている。

又七は、妻に掛けるべき言葉が見つからず、小さく頷いただけだった。

則子の目から、大粒の涙がしたたり落ちた。

ようやく彼の口が言葉を発した。

「則子は悪くない。悪いのは水爆だ」

今にも消えそうなかすれ声だった。

彼は笑顔をつくろうとしたが、顔中の筋肉がこわばり、笑顔にならない。掛け布団をそっと引っ張り、体に掛けてやるのが精いっぱいだった。

又七は主治医に呼ばれると、

「残念なことに異常出産でした」

と教えられたあと、いくつかの質問を受けた。

「奥さんは、お酒を飲みますか？」

「いいえ。飲めない体質です」

「タバコは？」

「まったくやりません」

ここで医師は一呼吸置くと、

「何かの薬を常習的に飲んでいましたか？」

と訊いた。

又七は手ぶりで否定すると、自分のことを話しだした。

「実は私、六年ほど前、マグロ船に乗って南の海で漁をしていた時、アメリカの核実験で被爆したんです」

「ああ、ビキニ事件ですね」

彼は事件のことを知っていた。

「私は死の灰を浴びたので、内部被爆をして、一年以上も入院していました。そのことが原因だと思うんですが……」

「でも、必ずしも被爆のせいだとは言えません」

医師は又七の意見には同意せず、

「赤ちゃんを見ますか？」

と、小声で言った。

又七は頭が混乱し、よく聞き取れなかったため答えなかった。

するとと医師は、

「いや、見ないほうがいいですね」

と言って、さらに、

「うん。そのほうがいい」

と自分にも言い聞かせた。

結局、赤ん坊は両親のどちらにも会わずに、病院の手で葬られた。

あとになって又七は、あの時はかわいそうなことをしたものだ、とひどく後悔した。

飲ませる子供がいないのに、則子の乳房はパンパンに張り、母乳が溢れてくる。

死んだ子供が、

「貴女のお腹で、私が誕生したことを忘れないで」

と、母親に訴えているかのようだ。

赤ん坊を失くした母親にとって、これほどむごいことはない。彼女は泣きながら、夫に隠れるようにして、母乳を洗面器に絞り出す。

又七は、妻の苦しみを少しでも和らげようと、さりげなく目を逸らした。

午後三時ころ、又七が空になった吸い飲みを手にして、廊下に出ようとした時、則子の父親が、何の前知らせもなくやって来た。今となっては一番会いたくない人間だった。

思いがけない義父の訪問に、又七は、彼は則子を連れ帰るつもりだ、とうろたえた。それだけは絶対に阻止しなければならない。子供ばかりか妻まで失うことになれば、放射能の恐怖におびえながら、毎日を暮らす身としては、この先、何を楽しみに生きてゆけばよいのか分からない。

けれども父親は、娘婿の顔を見ても、

「だめだったか」

と言ったきりで、ベッドに近寄ると、娘にねぎらいの言葉を掛けた。

又七はほっとすると、そのまま給湯室に向かった。

則子の父親は東京に一泊することになった。

夕食は、又七と美佐江に義父を交えた三人でテーブルを囲んだが、これほどまずい食事は初めてだった。又七が話す相手は美佐江だけで、久しぶりに会ったというのに、義父との間に会話はなかった。向かいに座った父親を見ながら、どうして来たんだ、早く帰ってくれ、と強く願っていた。

事情を知っている美佐江は、洗い物が終わると、逃げるように自分の部屋に引き上げた。

義父は翌日、朝食を終えると、すぐに駅に向かった。

又七は店の前で、義父を見送りながら、ふっと息を吐いた。

これでようやく邪魔者がいなくなった。他人はもちろん、親せきや肉親であろうと、今は誰にも会いたくない。夫婦だけにしておいてほしかった。

夜になって寝床に入ると、自分の運命を呪って忍び泣いた。病院では妻の手前、涙を見せるわけにはいかなかった。

天はなぜ、俺の子供を殺したのだ。

則子の父親は、娘婿を嫌うだけで、どうして本人の苦しみを分かろうとしないのだ。

冷たいのは、則子の主治医だって同じだ。自分の娘が被爆者と結婚し、初子を死産したなら、

「必ずしも被爆のせいだとは言えません」

などと、平然と言えるはずがない。

又七は、自分たち夫婦の味方が誰もいないことを深く嘆いた。

あれから六年が過ぎた今、道を歩く人に、

「ビキニ事件のことを知っていますか？」

と質問すると、

「ああ、何とかという無線長が死んだ事件ですね」

という答えが返ってくるだけに違いない。他の乗組員二十二人も被爆して、今も死の淵にいること
など、誰も心に留めていない。

そうなったのは、日本政府が無線長を事件の主役に仕立て上げ、

「ビキニ事件は久保山無線長の死で終わった」

と国民に印象付けたあげく、わずか九か月で事件に幕を引いたからだ。

けれども他の被爆者にとっては、政府の幕引きが恐怖と苦痛の幕開けだった。

又七は、まんまと政府の思惑に乗せられたマスコミや平和団体にも憤りを覚えている。

彼らは、無線長の死を美談に変え、

「久保山無線長は、原水爆で死ぬのは私で終わりにしてほしい、と言い残した」と盛んに喧伝した。

しかしそれは事実とはかけ離れている。又七は最期まで久保山のそばにいたが、そのような言葉は一度も聞くことはなく、聞いたのは憤怒の言葉と断末魔の叫びだけだった。

やがて又七は、この二日間の疲れが出て、そのまま眠りに落ちていった。


又七は夢を見ていた。

暗闇の中に白い物が浮かんでいる。

よく見ると、古代人が装身具に使った勾玉《まがたま》だった。

ほどなく勾玉はオレンジ色の火の玉となった。

火の玉から黄金色の糸が伸びてくると、くねくねと動き回り、火の玉の横に「生命」という文字を書いた。

火の玉と生命の文字は、しばらくの間、暗闇の中に浮かんでいたが、突然一緒にふっと消えた。

ここで又七は目が覚めた。部屋の中はまだ暗かった。

中学一年生の夏休みに、郷里の近くにある登呂遺跡《とろいせき》の発掘現場を見学した。

その時、引率の教員が、

「勾玉は、人間の胎児を表しているそうです。これは古墳時代の遺跡から大量に出土していますが、登呂遺跡は弥生時代の遺跡ですから、これまで見つかっていません」

と教えてくれた。

彼は、たった今見た夢の意味を考えた。

夢の中で、勾玉が火の玉になったのは、胎児が死んだことを意味している。火の玉から伸びた黄金色の糸は、母子を結ぶ臍の緒だ。それが「生命」という文字を書いたことは、胎児が親に、自分の命を託したことを表している。

「あの子は、自分の命を親に捧げたのだ」

又七が被爆しても、久保山無線長のように死ななかったのは、則子が産むはずだった赤ん坊が、彼の身代わりになってくれたからだ。

彼は暗闇の中で、目を見開くと、

「大石又七よ、忘れるな。お前には、命が二つある」

と自分に言い聞かせた。

これからは、運命を呪って、泣いてなどいられない。死んだ子供の分もしっかり生きることが、親に課せられた義務なのだ。

こうして又七は、この夜天啓を得た。

3　核の恐怖とバラ色の未来

又七夫婦に元の日常が戻ると、半年あまりが過ぎ去り、八月を迎えた。

大田区立図書館の庭には、キバナコスモスが咲き乱れ、夏風が吹くと一斉に揺れ動いて、黄金色の波を思わせる。

又七は新聞コーナーに陣取り、新聞の縮刷版に目を通していた。過去の世界情勢を調べ、核兵器や原発関連の事件を見つけると、年代順にノートに記録している。最初は核兵器の記事だけだったが、核爆弾の原料となるプルトニウムが原子炉で製造されることを知ると、原発の記事も追加した。

それを始めた動機は、米国とソ連を追うように、一九五七年の英国を皮切りに、今年に入ってフランスと中国も相次いで水爆実験に成功したことだった。このまま大国が核軍拡競争を続けていくと、やがては核兵器を使った第三次世界大戦が勃発するのではないのか、と恐れていた。

一九五九年の新聞をめくっていた又七の手が、不意に止まった。

「八月三日、海上保安庁の観測船『拓洋《たくよう》』の首席機関士、永野博吉《ながのひろきち》氏が国立東京第一病院で急性骨髄性白血病のため死去。３４歳。拓洋は前年七月、海洋観測で赤道海域を航行中、ビキニ西方海上で米国水爆実験の死の灰を浴びた」

又七は顔から血が引くのを感じた。マグロ漁船以外の日本船から、核被爆による犠牲者が出ていたことはまったく知らなかった。永野機関士の死は、第五福竜丸の被爆から五年後のことだが、テレビやラジオのニュースでも聞いた記憶がなく、自分がとっている新聞にも載っていなかった。

彼は大急ぎで、拓洋の被爆に関する情報を集めた。

一九五八年七月三日、海上保安庁観測船「拓洋」は国際地球観測年計画による赤道海流調査のため、東京港を出港した。途中で、鹿児島港を母港とする海上保安庁巡視船「さつま」と合流し、南下を続けた。

十四日の正午、拓洋の甲板に設置された機器が一万九〇〇〇カウントの強い放射能を検知し、さらに夜の八時に、雨水一リットルから、約十万カウントの放射能を検出した。

この年の四月から八月にかけて、米国はビキニ環礁で計三十五回の核実験を実施した。拓洋の被爆は、このうち七月十二日に行なわれた水爆実験によるものだった。第五福竜丸の場合と同じく、拓洋が被爆した地点は米国が設定した危険区域の外側で、西側境界から三〇〇キロも離れていた。

一方、僚船さつまは、拓洋から二六〇キロ西方の地点を航行していたため、降雨に遭遇することもなく、放射能には汚染されなかった。それでも両船は、乗組員の安全を第一に考え、海洋観測を中断すると、八月七日、東京港に帰港した。

永野の死から一か月後に出た新聞では、

「永野博吉氏の遺体臓器の化学検査で、微量の人工放射能を検出」

という記事を見つけた。

「人工放射能」というのは、天然には存在しない元素による放射能のことだ。したがって、この記事は、永野の遺体臓器に蓄積していた放射性物資は核実験により生成されたものだ、ということを示している。

しかし又七は、今年の三月二十九日付けの記事を読むと、意外さのあまり、もう一度読み直した。

「原爆被害調査研究協議会会長の都築正男・日赤中央病院長が、永野氏の死因について『核実験放射能とは直接関係はない』と結論した」

都築医師は、ビキニ事件の時は被爆者に寄り添う発言をしていた。それが今回の事件では、遺体臓器の化学検査の結果を無視するかのように、日米両政府に都合のよい結論を出したのだ。日本は二か月前に、日米安保条約改定に調印したばかりだった。

被爆や放射線障害の現実を誰よりも科学的に理解し、原水爆禁止や死の灰の恐怖を訴えていた科学者や医師たちも、体制側に取り込まれ、自分の地位が上がるにつれて、政府を利する発言をするようになった。

又七を何年間も定期診察している医師の中にも、最近になると、言うことが事件当初とは微妙に変わった医師がいる。しかし、東大附属病院で乗組員の治療にあたった三好和夫医師だけは、最後まで被爆者の味方だった。

十一月も中旬を過ぎると、窓から見えるイチョウの葉が、陽光を浴びてまばゆく輝き、黄金細工を思わせる。

又七は図書館で、新聞の縮刷版に見入っていた。今日からは、日本の原発について調べるつもりだ。

ビキニ事件で沸き起こった反核世論のうねりは、皮肉にも日本への原発導入の口実を与えることになった。又七たちが原爆症で苦しむのをよそ目に、日本政府は水面下で米国政府との取り決めを行なっていた。

一九五五年一月四日、ビキニ事件が正式に決着すると、その一週間後の十一日、米国政府から日本政府に、濃縮ウラン受け入れを打診する書類が届けられた。

米国政府は、ビキニ事件を契機として日本中が「核アレルギー」を起こし、それが反米感情に変わることを恐れていた。

そこで、日本における反核運動の矛先を逸らすため、民間使節団の形式をとった「原子力平和利用使節団」を日本に送り込み、原子力の平和利用を国民に広くPRした。五月十三日に東京日比谷公会堂で開かれた講演会は大盛況で、二六〇〇人収容の公会堂もパンク状態だった。

日本政府も米国政府と歩調を合わせ、十一月には「原子力平和利用博覧会」を日比谷公園で開催し、翌年の元旦からは会場を名古屋に移した。

名古屋会場では、正月二日間だけで、二万人を超す参観者があった。

高さ八メートルの原子炉の模型や原子力エネルギーを使った列車や飛行機のジオラマを展示し、

「原子力がもたらすバラ色の未来」

を国民に宣伝した。

原発で使う原子炉の模型は、庶民が原子力の平和利用を目で見て理解するには格好の展示物だった。

政府のお先棒をかつぐ日本新聞協会の意気込みも大きく、博覧会開催の一か月前に、

「新聞は世界平和の原子力」

という新聞週間の標語を決定した。

新聞各社は、

「賛嘆の声わく開会式」

「平和と結ぶ第三の火」

「大賑わいの博覧会会場」

などという見出しを打って、博覧会の盛況ぶりを報道した。

名古屋に本社のある中日新聞は、博覧会の開催に合わせて、一月五日からの夕刊に、子供向けの『無限のエネルギー』と題する特集を連載し、

「原子力というと、原子ばくだんや原子マグロのような怖いものだと考えられがちですが、こんな明るい面に利用できることを知ってもらいたいのが、このはくらん会なのです」

という科学者のコメントを掲載した。

広島・長崎への原爆投下、そしてビキニ事件と、日本人が三度も原子力の犠牲になったというのに、大勢の国民が、われもわれもと会場に足を向けた。ほぼ二年にわたり全国十か所で開催された博覧会には、二百六十万人の来場者が詰めかけた。

この博覧会の大成功を語る時、決して忘れてはいけない民間人が二人いる。一人は正力松太郎《しょうりきまつたろう》で、もう一人は柴田秀利《しばたひでとし》だ。

読売新聞社社主の正力は、一九五三年、日本初の民間テレビ局となる「日本テレビ」を開局し、都内の繁華街、鉄道の駅、デパート、公園など、人の集まる場所に街頭テレビを常設した。五六年に発足した原子力委員会では、初代会長に就任し、日本の原子力開発を先導するトップに君臨した。

一方、後に日本テレビの専務となる柴田は米国に幅広い人脈を持っていた。彼は四九年まで読売新聞社に勤務しており、その時から、正力の絶大な信頼を受けていた。

世論形成に大きな影響力を持つ大手新聞社の社主で民間テレビ局のオーナー・正力と彼の有能な相談役・柴田の強力タッグは、博覧会の開催にあたり、新聞とテレビを最大限活用し、大々的なキャンペーンを展開した。

当時の読売新聞の紙面には、

「明日では遅すぎる」

「火に変わる新しき熱源」

「原子力発電で解決」

「疑問も不安もない」

「野獣も飼いならせば家畜」

などという、センセーショナルな見出しが躍った。

こうして、日米の官民一体によるキャンペーンは見事に成功し、

「原子力は原爆や水爆とは全く違うものだ」

「原子力を利用した発電所は無限のエネルギーを生み出し、日本にバラ色の未来をもたらしてくれる」

という共通認識が国民の頭にしっかり刷り込まれ、原発導入の道筋が出来上がった。半世紀後の日本で、世界を震撼させる原発事故が起こることなど、国民の誰一人として想像もしなかった。


又七は、原発関連の記事を、年代順にノートに記録している時、怒りが徐々に湧き出してきた。

第五福竜丸の二十二人が、退院したあとも、死の恐怖におびえながら被爆の後遺症と戦っている時、日本各地で原子力平和利用の博覧会が開催されていた。

原子力は人類にとって、天使でもあり、悪魔でもある。第五福竜丸の甲板には悪魔となって舞い降りたが、博覧会会場には天使となって現れた。

全国で二百六十万人が原発の模型を見て、そうでない者は新聞やテレビの報道で、「日本に幸せをもたらす無限のエネルギー」

というキャッチフレーズに胸を躍らせ、バラ色の未来を夢見たのだ。日本への原発導入が第五福竜丸乗組員の犠牲の上に成り立っていることに、思いをはせた人間は一人もいなかったに違いない。

「私たちは被爆とは関係ないから」

という者には、

「何をどれだけ分かって、そんなことを言っている。核被爆者の悩みと苦しみは、本人だけには留まらず、家族にも及び、将来は子供にまでつながっていくのだ。外部からの偏見や差別より、もっと恐ろしいのは、いつ暴れ出すかもしれない体の中に居座った悪魔だ」

と言ってやりたかった。

やり場のない怒りが、やがてみじめさに変わると、彼はたまらずノートの上に突っ伏して、激しく嗚咽した。

又七が、核戦争の恐怖を最も強く感じたのは、一九六二年の秋に勃発した「キューバ危機」の時だった。

一九五九年一月、それまで親米政権で米国の植民地同然だったキューバに革命が起こり、フィデル・カストロが率いるキューバ共和国が誕生した。

米国のケネディ政権はカストロ首相の暗殺をもくろんだ。一五〇〇人ものＣＩＡ工作員をキューバに送り込み、破壊活動を行なうなどして国家の転覆を図ったが、ことごとく失敗した。

カストロはケネディに対抗するため、ソ連のフルシチョフ首相に助けを求めた。その結果、広島型原爆の六十倍の威力を持つ水爆を装備した中距離ミサイル四十二基が、キューバ国内に配備され、照準を米国本土の大都市に向けた。

一九六二年十月十四日、米国の偵察機が、この核ミサイル基地を発見した時、核戦争の危機が一気に高まった。

十日後の二十四日、ケネディ大統領は空母インディペンデンスを始めとする百八十三隻の艦船をカリブ海に派遣して、キューバを海上封鎖すると、カストロ首相に核ミサイル基地の撤去を迫った。合計一六二七発の核兵器を搭載した戦略空軍機も、キューバ攻撃の指示を、今か今かと待ち受けた。

米国がキューバを攻撃したなら、ソ連が参戦することははっきりしている。最悪の事態を想定し、北極圏やヨーロッパにある米軍基地では、核爆弾を搭載したＢ５２爆撃機が、十五分以内にソ連本土を爆撃する準備を完了した。

その上で米国大統領は、

「キューバからの攻撃はソ連からの攻撃とみなし、アメリカは必ず報復する」

とソ連に警告した。

又七は、事態の深刻さを報道で知ると、米ソの戦争が始まったなら、ソ連は米国の同盟国である日本を核ミサイルで攻撃する、と恐れ、本気で日本脱出を考えた。

いろいろ考えた末に、店を売り払った金で中古の船を買い、則子を連れて南米のチリに行くことにした。死の灰は主に北半球に降り注ぐため、南半球南端の国に逃げたなら、被爆の可能性は小さいはずだ。妻が核被爆者になることだけは、なんとしてでも阻止したかった。

しかし彼の心配事は、

「十月二十八日、フルシチョフ首相は、核ミサイルをキューバから撤去することを米国大統領に伝えた」

というニュースが流れた時、杞憂に終わった。

こうして米ソ間の核戦争は、ソ連の譲歩により、開戦寸前で回避されたが、一九六二年十月十四日からの二週間は、人類史上最も核戦争に近づいた日々とされている。

4　蘇った第五福竜丸

一九六六年、日本は空に呪われた。

二月四日、乗客乗員一三三人を乗せ、千歳空港を出発した全日空六〇便が、羽田沖で墜落し、全員が犠牲となった。乗客の多くは「札幌雪まつり」の観光客だった。

一か月後の三月四日、香港発バンクーバー行きのカナダ太平洋航空（現・エアカナダ）四〇二便は羽田空港への着陸に失敗し、六十四人が死亡した。事故の主原因は、濃霧による視界不良だった。

カナダ機事故の衝撃が冷めやらない翌三月五日、経由地の羽田を出発して香港に向かっていた英国航空九一一便は、富士山上空で乱気流に巻き込まれた。機体は空中分解し、富士山麓に落下炎上して、乗員乗客一二四人全員が犠牲となった。

大きな事故が立て続けに三件も起こったというのに、空の呪いは収まらなかった。

八月二十六日、日本航空・銀座号は羽田空港を離陸直後に墜落炎上し、五人が死亡した。乗員訓練飛行のため、乗客の搭乗者はなかった。

そして、十一月十三日、大阪から松山に向かっていた全日空五三三便が松山空港沖に墜落し、乗客乗員五十人全員が犠牲となった。乗客の半数以上が、道後温泉に向かう新婚夫婦や結婚予定のカップルだった。


十二月に入り、悪夢のような連続航空機事故の報道が一段落すると、NHKディレクターの工藤敏樹《くどうとしき》にも、ようやく時間ができた。港区港南にある東京水産大学の岸壁にやって来ると、コートの襟を立て、寒風が吹きすさぶ中、停泊中の船に目を向けた。

この船の前身は、十二年前にビキニ海域で被爆した第五福竜丸だった。政府に買い上げられると、除染のあと改造され、東京水産大学の練習船「はやぶさ丸」として活躍したが、老朽化が激しくなったため、廃船の申請が出されていた。

工藤は、この船が今後どうなるのか、取材を続けるつもりだった。

明けて一九六七年の三月、はやぶさ丸は廃船となり、

「スクラップにすることを義務付ける」

という政府からの条件付きで、船の解体業者に払い下げられた。

まだ使用が可能なエンジンは、取り外されて、貨物船「第三千代川丸」に換装され、売る部分がなくなった船体は東京江東区にあるゴミの埋め立て地・夢の島に捨てられた。ビキニ海域での被爆から十三年の歳月が経っていた。

非常に興味深いことに、はやぶさ丸のエンジン、すなわち第五福竜丸のエンジンを付けた第三千代川丸も、海での不運に見舞われた。

一九六八年七月一日、第三千代川丸は潤滑油のドラム缶七一七本を積んで横浜から神戸に向けて航行中、熊野灘の御前浜《おまえはま》沖で霧のため遭難し沈没した。乗組員五人は浜に泳ぎ着いて無事だった。

二十八年後の一九九六年十二月一日、水深十メートルのところから第三千代川丸のエンジンが引き揚げられた。エンジンは二年後に東京都が受け入れを決め、現在は「第五福竜丸展示館」の広場に展示されている。

マスメディアが報道する前に、東京水産大学の岸壁に係留された船が、かつての第五福竜丸だったことに気づいていた人々がいた。

東京都の港湾を管理する都の職員でつくる労働組合・「都職労港湾分会」が発行した一九六七年二月二十八日付のニュースに、

「明日は三月一日。今から十三年前、ビキニ環礁でアメリカの水爆実験によって、日本のマグロ漁船第五福竜丸が被爆した日を記念する『三・一ビキニデー』です。原水爆の被害を三度も受けたのは日本人だけです。平和を守る活動が、非常に大切です。工事一課の近くに、水産大学がありますが、ここに第五福竜丸がつながれています。考えていたより小さな船ですが、この船をじっと見ていると、二度とこんな事があってはならないと強く感じます」

という記事が掲載された。

六月には、NHKニュースが、練習船「はやぶさ丸」と船名を変えた第五福竜丸が、廃船になったあと解体されて夢の島に捨てられたことを報道した。

翌年のビキニデー集会には、江東区の代表が参加し、夢の島で沈みかかっている第五福竜丸の保存を訴えた。

三月十日に、朝日新聞の読者欄に、二十六歳の会社員、武藤宏一《むとうこういち》の投書が載った。

「第五福竜丸。それは私たち日本人にとって忘れることのできない船。決して忘れてはいけないあかし。知らない人には、心から告げよう。忘れかけている人には、そっと思い起こさせよう。今から十四年前の三月一日。太平洋のビキニ環礁。そこで何が起きたかを。今、このあかしがどこにあるかを。東京湾にあるごみ捨て場。人呼んで『夢の島』にこのあかしはある。それは白一色に塗りつぶされ、船名も変えられ、廃船としての運命にたえている。しかも、それは夢の島に隣接した十五号埋立地に、やがて沈められようとしている。だれもがこのあかしを忘れかけている間に」

「第五福竜丸。もう一度、私たちはこの船の名を告げ合おう。そして忘れかけている私たちのあかしを取り戻そう。原爆ドームを守った私たちの力でこの船を守ろう。今すぐ私たちは語り合おう。このあかしを保存する方法について。平和を願う私たちの心を一つにするきっかけとして」

この投書は多くの読者の心を打ち、国民に第五福竜丸を思い出させ、保存の機運を一気に盛り上げた。三月十三日、銀座数寄屋橋で船の保存を訴える街頭宣伝が行なわれ、十九日には、地元・江東区の有志が三十万円で船を解体業者から買い取り、東京都に係留の許可を申請した。美濃部亮吉《みのべりょうきち》東京都知事は都議会で、保存への協力を表明した。

夢の島の最寄り駅は、地下鉄東西線の東陽町駅か南砂町《みなみすなまち》駅だ。けれども駅前からは交通の便がなく、ゴミを満載して猛スピードで走るトラックに怯えながら、徒歩か自転車で行くしかない。

ここは都内のゴミで埋め立てられた土地のため、ハエが大発生して悪臭が漂い、野ネズミ、野犬、ヘビなどが棲みついていた。船体に近づくためには、マスクをして、長靴を履き、ゴミに足を取られないように注意しながら、そろそろと進まなければならなかった。

それでも、江東区で働く人々、教員、都職員、平和運動に携わる人々が、船に通い詰めた。大雨が降れば、太ももまで泥水に浸かりながら、今にもヘドロの中に沈みそうな船体からバケツで海水を掻き出し、台風が来ると、徹夜で監視を続けた。

深川木場《きば》の筏師《いかだし》だった島田轍之介《しまだてつのすけ》は、

「わしは家が近いから、いつでも来れる」

と言って、毎日のように船に通い、見張り番や船内の掃除、遠くから来た来訪者の案内役を買って出た。

そうしたボランティア活動と同時に、地元の平和団体の呼びかけで、船の見学会なども開かれ、東京都知事も視察に訪れた。

江東区ばかりか、杉並区の原水爆禁止運動を行なっていた人々も立ち上がった。

「第五福竜丸は広島・長崎に続く被爆の生き証人である」

「平和や核廃絶を訴えるための象徴というべきものだ」

などと訴え、第五福竜丸の保存を求めた。

翌一九六九年三月、ＮＨＫテレビが、工藤ディレクターの制作によるドキュメンタリー番組『廃船』を放映すると、第五福竜丸への関心が全国規模で高まり、七月には「第五福竜丸保存委員会」が結成された。

保存委員会には、評論家、宗教者、ビキニ水爆による放射能汚染調査に関わった専門家、そして原水爆禁止運動の関係者などが参加した。

保存委員会の代表委員・中野好夫《なかのよしお》は、

「この船を原水爆禁止のシンボルと同時に、分裂したままになっている原水爆禁止運動の統一のシンボルとしても、永久に保存しよう」

と熱く訴えた。彼は、国民的機運で始まった原水禁運動が、本来の主旨から逸脱したことを嘆いていた。

かつて杉並区で、

「この署名運動は特定の党派の運動ではなく、水爆の脅威から生命と幸福を守ろうとする、あらゆる立場の人々をむすぶ全国民の運動であります」

というスローガンで始まった原水爆禁止運動だったが、その後徐々に政治色を強め、一般国民は蚊帳の外に置かれるようになった。

そしてついに、一九六三年八月に、原水禁運動は社会党系と共産党系の二つに分裂し、党派間のイデオロギーと党利・党略むき出しの政争の場に変わってしまった。

原水爆禁止日本協議会（原水協）の初代事務局長を務めた安井郁も、

「原水禁運動は、もはや国民の手から離れてしまった。運動を国民に返すのが私の切なる願いである」

という言葉を残し、分裂を機に事務局長を辞任した。

第五福竜丸の保存委員会が結成されても、資金が不足しているため、ヘドロとゴミの中に放置されたままの船体を、補修して維持するのが精いっぱいで、なかなか先へは進まなかった。それでも、全国から寄せられた募金を使って、船体を陸上に固定する工事が、一九七二年一月から始まった。

翌一九七三年、第五福竜丸の展示館建設と船体管理を円滑に行なうために「財団法人第五福竜丸平和協会」の設立が東京都から許可された。

その時の訴えは、

「一九五四年三月一日の第五福竜丸被災の衝撃は、広島・長崎における悲惨の記憶からまだ日も浅く、原爆被爆者の援護すら放置されている中で、三たび核兵器の悲惨を、しかもより巨大な威力を持って体験させられた。十九年前の恐怖は、今日もなお、消えるものではなく、核戦争の危機はますます強まっている。平和への希《こ》い願いと理性への信頼を同じくする国民と共に、第五福竜丸保存への具体的な責任を果たそう」

というものだった。

平和協会の会長は、ビキニ水爆実験による大気の放射能汚染を調査した地球化学者・三宅泰雄が、事務局長は、原水協・事務局員の安田和也《やすだかずや》が務めることになった。

一九七四年、財団と東京都が船の永久保存について何度か協議を重ねた結果、財団が都に船を寄贈することを条件として、夢の島に造成される公園の一角に、都が展示館を建設することが決まった。

これに伴い、船名を、「はやぶさ丸」から「第五福竜丸」に戻す作業が行なわれた。

こうして、一九七六年六月十日、「東京都立第五福竜丸展示館」が、「夢の島公園」の一角にオープンした。

現在、船体は館内に、海中から引き揚げられた二五〇馬力のエンジンは展示館前の広場に展示されている。

この展示館を開設できたのは、当時の都知事が革新系だったことによる。政府与党系の知事だったならば、日米両政府が嫌がる被爆船を展示する記念館の開設など、都議会の議題にも上げなかったはずだ。

初代館長は、平和協会の専務理事を務めた広田重道《ひろたしげみち》だった。

彼は、第五福竜丸の保存運動について語る時、一番に挙げなければならない人物だ。保存委員会が子供たちを招いて爪上げ大会を開催した時、自ら看板を作り、参加者全員に景品を渡すために、出版社や商店街を駆け回って資金を集めた。

展示館への思い入れも、並外れて強く、

「自分が近くに越してきて、毎日通わなければだれが来てくれるのか」

と言って、展示館開設に合わせ、三十年以上も住み慣れた横須賀市を離れ、東京都江東区に移り住んだ。

米国政府は第五福竜丸の爆破処分を、日本政府は海に沈めるか焼却することを企んだが、多くの国民の声が日米両政府の妨害を跳ね返し、船は不死鳥のように蘇った。

第五福竜丸展示館は、海に面した夢の島公園の一角にあり、都心からのアクセスもよい。この公園が、かつてゴミの埋め立て地だったことは、今となっては想像することもできない。隣は熱帯植物園で、近くには、ヨットや大型ボートのマリーナ、競技場や野球場、バーベキュー広場などがあり、温水プールと屋内体育館を備えた青少年のための宿泊施設もある。

第五福竜丸は、未来を担う子供たちの声を聞きながら、今日も航海を続けている。核のない平和の港に着くまでは、被爆の生き証人として、人々の心から心へと。

5　ビキニ事件の福島原発事故への波及

一九五五年一月、ビキニ事件が決着しても、米国政府には、解決すべき課題が二つ残されていた。一つ目は、事件がきっかけで日本中に沸き起こった反核・反米の嵐が収まる気配をみせなかったことで、二つ目は、発足したばかりの鳩山政権がソ連との国交回復を進めようとしていることだった。

二つの案件は連動しており、米政府としては、日本が米国を離れ、ソ連に近づくことは絶対に見過ごすことはできなかった。日本国内で反米・親ソ連の機運が高まったなら、日本は米国製原子炉の導入を見直し、ソ連製の原子炉に鞍替えする恐れがあった。ソ連は米国に先行して、前年の六月に世界初の原発を稼働し、送電を開始していた。

そこで米国政府は、ビキニ事件で沸き起こった日本国内の反核・反米の矛先をかわす目的で、日本に対して、

「原子力の平和利用は、バラ色の未来を約束する夢のエネルギーを産みだす」

「米国は、日本の原子力発電所建設を強力に支援する」

というキャンペーンを展開することに踏み切った。日本の国民にとって、原子力発電所は「原子力の平和利用」を身近に実感するには格好の施設だった。

その時、米国原子力委員会はすでに、

「わが国の原子力計画に日本を引きずり込んで、米国製原子炉を日本国内に造らせる」

という強い決意を固めていた。

米政府は手始めに、ちょうど日本から訪れていた「原子力海外調査団」にターゲットを定めると、猛アタックの末に、調査団の篭絡に成功した。この調査団のメンバーには、通産省官僚、日立製作所の幹部、大学教授のほかに、中曽根を始めとした国会議員団も入っていた。

原子力海外調査団が米国から帰国したのは四月上旬だった。

ところが武谷は、五月八日に原子核特別委員で、調査団の帰朝報告を聴いた時、自分の耳を疑った。

「日本は、米国が提案した濃縮ウラン供与を受け入れて、可及的速やかに原子力発電所を造るべきである」

海外調査団の代表は「調査報告書」を出すはずだったにもかかわらず、それを飛ばして、調査団と

しての意見を唐突に発表した。

本来、海外調査団というのは、

「米国における原子力研究の進み具合は以下のようであった」

という具合に、単に海外の動静を報告するのが役割だ。

「日本の原子力はどうすべきであるか」

については、日本の委員会や学界が調査結果を検討して決めるべきものだ。それを出さずに、調査団だけで結論を出すのは前代未聞のことだった。

この調査団は、出発する時からして政治的だった。三原則を擁護する科学者の参加は一人も認められず、結果的には二人の御用学者が同行しただけだった。

原子力海外調査団の帰国から間もない五月二十日、日本政府は米国産濃縮ウランの受け入れを閣議決定した。


米政府のつぎの一手は、民間使節団を日本に送りこみ、国民を洗脳することだった。

原子炉メーカー・GE社社長ジョン・ホプキンス率いる米原子力平和使節団が来日したのは、日ソ国交正常化交渉が始まる一か月前の一九五五年五月九日のことだった。

十三日に東京日比谷公会堂で開かれた講演会は大盛況だった。使節団には、ノーベル賞を受賞した米国の物理学者アーネスト・ローレンスも参加していた。表向きは民間交流という触れ込みだったが、後に公開された米国の公文書で、CIAや米国原子力委員会も関与したことが明らかになった。

米国政府のあとは、日本政府が国民の洗脳役を引き受けた。

十一月の日比谷公園を皮切りに、「原子力平和利用博覧会」が二年にわたって全国各地で開催され、大成功を収めると、多くの国民が「原子力はバラ色の未来」教という新興宗教にハマってしまった。教団の教祖というのが、原子力を使って、広島・長崎で大勢の同胞を殺し、ついでビキニ海域で邦人漁船員を被爆させた米国政府であることを、皆は気にしなかった。


同年八月八日、日本からは総勢二十一人が、ジュネーブで開かれた「第一回原子力平和利用国際会議」に参加した。参加者の中には産官学各界の代表五人のほかに、中曽根を始めとした四人から成る超党派議員団もあった。この会議は「原子力のオリンピック」ともいわれ、七十二か国から三八〇〇人もの人が集まった。会議では、米英ソが競って原子力発電の宣伝を行ない、日本はその有望な売り込み先とみなされていた。

さすがにコマーシャルの国・アメリカだけあって、米国の宣伝は参加国中で群を抜いていた。

「米国の原子力発電技術は世界のトップを走っている」

「日本は何も心配せず、米国製の原子炉をそっくり輸入すればよいのだ」

「日本は米国の原子力発電所を国内に建設して、世界のお手本になるべきだ」

米国は、現在実現していること、将来取り組もうとしていることの二つを、言葉巧みに織り交ぜて、あたかもすべてが実現しているかのような発表を行ない、日本からの参加者を惑わせた。日本側は、電力会社や政府の関係者のみならず、同行した科学者たちさえも、米国の宣伝にあおられてしまい、日本の記者団に向かって、

「原子力の平和利用は、アメリカが一番進んでいて、イギリスとソ連が後を追っている」

と語る始末だった。客観的に見ると、米国の発電技術は、ソ連や英国より、はるかに遅れていた。

一方で外国の新聞記者からは、

「日本の代表たちは、原子力のことが理解できないのか、各国の科学者たちによる討論会には出席せず、もっぱらレセプションにばかり参加している」

という話が漏れ伝わってきた。

もっとも各国の代表は、日本の代表を単なる売込み相手としか見ず、討論相手にしようとは考えなかった。

会議に参加した御用学者の一人は帰国後、

「われわれはジュネーブで、原子炉の内容物を見ることができたので、かなりパワーの大きい原子炉を設計するという自信ができた」

と気炎を上げた。

しかし、会議に出席した米国の物理学者ワイスコフは帰国後、

「東方から来た代表たちは、原子炉の寸法を巻き尺で測り、燃料棒をスケッチしたりすることによって、

彼らの好奇心を満足させていた」

と真相を語った。

武谷は『武谷三男著作集2』の中で、

「原子炉というものは、その恰好だけを見ても、何の意味もないことで、きちんとした計算による設計であって初めて意味がある。そもそも日本の技術というものは、昔からその法則によって考えられた技術ではなくて、いろいろの形だけを外国から学んできた。今回も、同じやり方をそっくり繰り返そうとしているが、原子力においては、ただ形だけ真似するということは、非常にナンセンスなことである。いかに無知な人々が、原子力の波に乗っているかと思うと、肌寒くなる」

と皮肉っている。

同行した議員団も、羽田到着後、すぐさま記者会見を開き、

「日本も世界に遅れないために、原子力基本法を含む原子力開発体制を整備し、平和利用三原則に基づいて、超党派で積極的に原子力を推進しよう」

と訴えた。

十一月に日米原子力協定が調印されると、十二月には日本初の「原子力基本法」が衆参両院を通過した。

現在、日本政府は一九五五年に制定した原子力基本法を運用している。制定にあたっては日本学術会議の声明も考慮した、といわれているが、武谷が提案した三原則とは大きく異なり、

「日本の自主性を重んじ、長期に渡って自力で原子力研究を行なうこと」は、

「海外の技術を導入して原子力研究を行ない、濃縮ウランは、適宜外国から買い付ける」

　に変えられ、

「研究活動を民主的に行なうこと」は、

「研究は政府と産業界の主導で行なう」

　となり、

「原子力に関する一切の情報を、完全公開すること」は、

「企業秘密の観点から、すべての情報公開は行なわず、成果の公開だけに限る」

　という具合に、歪んだ内容に改悪されている。


一九五六年一月十三日、鳩山内閣は、日本初の原発用原子炉を米国から輸入することを閣議決定した。日本は、日ソ国交回復交渉が進展中だったことから、米国式より優れているソ連式原子炉を濃縮ウラン込みで輸入することも可能だったが、結局は米国式原子炉の採用に落ち着いた。

六月には、原子力に関する総合的な研究機関である「日本原子力研究所」が発足したが、当初から、十分な基礎研究に立脚した自主技術によって原子力発電を始めよう、という気は全くなかった。日本特有の自然災害を十分に検討することもなく、どのような発電炉を導入するか、ということだけを問題にした。

研究所理事・嵯峨根遼吉《さがねりょうきち》は、部下の研究員に向かって、

「国産原子炉なんて誰が買うもんか。これだけでかいものは信頼性が一番大事。学術会議がいくら騒いだって、運転経験のない国産を造っても誰も買わない。まず米国の原子炉を輸入してコピーを造るべきだ」

と息巻いた。彼も御用学者の一人だった。

まんまと米国に言いくるめられた日本は、原発の自主開発を放棄し、安全保障のみならず、原発でも米国の傘の下に入ることになったのだ。

「米国に言われるままに、すべてを米国に丸投げする」

という日本政府の体質こそが、半世紀後に起こる福島原発事故の元凶となることなど、当時は誰一人として知る由もなかった。


ビキニ事件で沸き上がった反核・反米の嵐を鎮めるために、米国が日本に性急な原発導入を促し、結果的に米国製の原発プラントを建設させたことは、一九六七年から順次着工した福島の原発六基にも多大な影響を及ぼした。

福島の原発事故は起こるべくして起こった事故だった。

大震災から三か月後の二〇一一年六月十一日、それを裏付ける記事が朝日新聞に掲載された。

東京電力（東電）福島第一原発の一～六号機は、一九七一～七九年にかけて運転を開始したが、六台すべてが竜巻やハリケーンに備えて非常用発電機を地下に置く「米国式設計」をそのまま採用した。そのため福島原発は、十メートル以上の津波に襲われて水に浸かり、あっけなく全電源を失った。運転中だった一～三号機は原子炉を冷やすための電源が失われ、メルトダウンに陥った。

東電初の原発だった福島第一原発の一号機は米国のGE社が工事を仕切り、

「東電は運転開始のキーをひねるだけ」

という契約で、技術的課題は丸投げだった。

二号機以降の設計も、ほぼ一号機を踏襲し、福島第一原発の一～六号機の非常用発電機のうち、十台が地下一階に集中していた。

旧通産省の幹部は、当時を振り返り、

「地震や津波など、日本特有の自然災害を踏まえて見直す余裕なんかありませんでしたよ。米国側の仕様書通りに造らないと安全を保証しないと言われ、言われるままに造ったんです」

と証言した。

東日本大震災の発生当時、日本には五十四機の原発があり、米国式設計は、ほとんどすべての原発に採用されていた。菅直人《かんなおと》首相が運転停止を要請した中部電力浜岡原発も、非常用発電機が原子炉建屋の一階にあったため、同社は緊急対策として、建屋の屋上に発電機を増設した。

武谷三男は東日本大震災の十一年前にこの世を去った。

彼は福島の事故が起こる五十七年前の八月六日に、河北新聞と北国新聞で、

「原子力発電所の建設は、原爆や水爆の製造とはケタ違いに高級かつ困難な代物であり、現在、その幾多山積している難問は、ほとんど未解決のままである。コストは技術的に引き下げられ得るとしても、原子炉から絶えず掻き出される「死の灰」の処理一つを考えてみても、容易でないことに気づく。日本としては、日本の事情と世界の将来とをよく見比べた上で、日本独自の原子力計画を慎重に設計する事こそ先決問題なのである」

と警鐘を鳴らし、

「原子炉は、おそらくアメリカからのプラント輸入という線がでてくるであろう。しかしこれは、秘密のカーテンに縛られるだけでなく、日本人は原子力発電の難点である死の灰の実験台、モルモットにされるのがおちである。原子力発電の発展は日本で自主的に、秘密無しで行なわねば、恐ろしいことになるだろう」

と、あたかも福島原発事故の発生を予言するかのような意見を述べている。

彼が生きていたなら、

「私が提唱した三原則の『自主』をそっくり受け入れて、自然災害の多い日本にふさわしい原発を独自に開発し、非常用発電機を高台に置くなどして、二重、三重の震災対策を講じた原発を福島に造っていたなら、メルトダウンは決して起こらなかったはずだ」

と言ったに違いない。いくら「技術大国ニッポン」を誇り、立派な建物を造っても、自然災害の対策がとられていない原発は、ガラス細工と変わらない。

福島原発は、ビキニ水爆の核被害を日本国民の目から逸らさせるために、米国が日本に導入させた「夢のエネルギー」だった。それが事故を起こし、日本人に三度目の核被害をもたらしたことは、歴史の皮肉というよりほかはない。

エピローグ

又七は体験談を話し終えると、卓上に置かれたペットボトルの水で喉を潤した。

世話役の男性がステージに上がり、マイクを握った。

「これから十分ほどお休みをして、そのあと質問時間に移ります」

彼はマイクを置きかけたが、一番前の女性から何かを訊かれると言い足した。

「トイレは、出口を出て、右に行くと突き当りにあります」

休み時間が終わると、三列目に座っていた年配の男性が、待ちかねていたように立ち上がった。手には早々と、参加者用のマイクを握り、時間になるのを待っていた。

「パンフレットを読んだら、大石さんは今から二十八年前に、それまでの沈黙を破って、方々で講演するようになった、と書かれていますが、どうしてなんですか?」

又七は笑みを浮かべて話しだした。

「そうなったきっかけは二つあります。一つ目は、第五福竜丸展示館を見学に来た中学生から、私の体験談を聞かせてほしい、と頼まれたことです」

一九八三年の秋、町田市にある和光中学校の生徒から、ビキニ事件を実際に体験した本人の話をぜひ聞かせてほしい、という電話があった。初めは渋っていた又七も、生徒の熱心さに負けて、話すことを引き受けた。

「約束した日に展示館に行くと、六人の生徒たちが担任の教師と一緒に待っていました。その中には、目の不自由な、高橋しのぶさんという女子生徒がいたんです。館内を案内しながら、生徒たちに体験談を話してあげました。でも、家に帰ってから、あの目の不自由な生徒は、話を聞いただけで船の構造が分かったのだろうか、と心配になりました。それで第五福竜丸の模型を作り始めたんです」

一年半後の三月一日、彼は完成した船の模型を携え、和光中学校に行くと、二年三組を訪れた。

「模型をしのぶさんに触らせながら、改めて船の構造やマグロ漁の様子を話しました。何日かして、彼女から手紙が届いたんです。それを読んで、思っていたより喜んでもらえたことを知って、かえってこっちが感激しました。その時からです。ビキニ事件のことを話すようになったのは」

後日届いた封書には、点字の手紙と一緒に、教師が文字に翻訳してくれた手紙も入っており、

「第五福竜丸をもらった時、たぶん船はガラスの中に入っているんだろうと思っていたら、そうではなくて、板の上につくってあったので、すぐにさわれた。休憩時間に、大石さんに、船の各部分を説明してもらった。私は模型船にそっとさわっているだけだが、人が乗れる大きな船に乗っている新米の私に、ベテラン乗組員の大石さんが船の中をあちこちと案内しながら、いろいろと教えてくれて、これから航海に出ようとしているような楽しい気持ちに、ちょっとなりかけた。説明してくれて、大石さんありがとう。受け取った小さな第五福竜丸は、学校だけじゃなく、私の心にも置いて、大石さんの心を思い出すようにしたい」と記されていた。彼はこの手紙を、今でも大切に保管している。

又七は、昔を思い出すように、目を細めた。

「二つ目のきっかけは、一九九三年に、肝ガンの摘出手術を受けたことです。私は手術の前に、もしも手術が上手くいったら、死んでいった仲間たちのためにも、事件のことを世間に話そう、と誓いを立てたんです」

この時までに、すでに八人の仲間が肝臓ガンか肝硬変で死んでおり、そのうち一人が六十六歳で、残り七人は四十代から五十代までの年齢だった。

「仲間がつぎつぎと死んでいくのに、俺はこうして生きている。これは、ビキニ事件のことをみんなに話すように、天が命令しているんだ。当の被害者が話さないで、誰が話すというのだ。真実を話さなかったら、仲間を犬死させたことになる。……手術が無事に終わった時、私はそう思いました」

質問した男性は、又七の話を聞くと、納得して大きく頷いた。

二人目の質問者は、真ん中あたりにいた女性だった。

「先ほどのお話で、福島原発事故の原点はビキニ事件にあって、両方とも根っこは同じだと言われましたよね。そこをもうすこし、分かるように説明してほしいのですが……」

又七は目元を引き締めると、淡々とした口調で話し始めた。

「ビキニ事件と福島原発事故の共通点は、日米両政府や東電が、放射能の影響を過小評価し、情報を隠蔽ないしは矮小化したことです。ビキニ事件では、アメリカ政府が水爆の威力を過小評価したので、第五福竜丸が被爆しました。また日本政府は第五福竜丸以外の被爆漁船の情報を隠蔽しました」

核実験と原発事故は、どちらも人間に放射線障害を与える点では同じだ。ビキニ事件が起きた時、政府はもっと放射能の恐ろしさを国民に知らせるべきだったのに、逆に矮小化した。それがあとになって、原発運転員の理解不足をもたらし、福島の事故では対応の遅れにつながった。

「福島の原発事故では、政府と東電が、放射能汚染の情報公開を意図的に遅らせました。原発から十六キロ離れた海水に安全基準の十六倍もの放射能が検出されたことを発表したのは、事故から十日も経ってからでした」

日本における放射線被爆の研究は、一九五〇年代半ばまで先進的な役割を果たしたが、やがて米国への忖度と原子力産業への迎合によって歪められ、ビキニ事件の被爆者と福島の被災者への受忍《じゅにん》強制に加担してしまった。

「さらに言わせてもらうなら、どちらの場合も、国民は原発の犠牲になっています。ビキニ被爆者は、ウランの取引材料にされ、福島の被災者は、原発の再稼働や新たな建設の邪魔になるため、世間から隠されています」

又七は決意を込めた目で会場を見渡した。

「私からのお願いがあります。今日ここにいらしたみなさんには、日本に原発が導入された陰には、アメリカの水爆実験で犠牲になった者がいたことを、絶対に忘れないでいただきたい」

質問した女性は、ハンカチをとり出すと俯いて目頭を拭った。

彼はここで口を閉じたが、言い足りなかったのか再び口を開いた。

「先ほどの話にも出てきましたが、ビキニ事件がなければ福島原発事故も起きなかったと思います。どういうことかと言いますと、日本は、ビキニ事件で起きた反米感情を一日でも早く終息させたかったアメリカに丸め込まれたんです。日本政府が、十分な時間を掛けずに、震災対策の不十分な米国製の原発を福島に建設したことが事故の原因です」

一番目に質問した男性は、ノートを開くと、又七の言葉を記録した。

「ビキニ事件の敵は、アメリカだけだったから、国民は反対しやすかったんです。しかし福島の原発事故では、相手は電力会社と日本政府ですから、いろいろなしがらみがあって、国民は抗議運動を起こせません。だからこそ政府にしっかりしてもらわなければなりません。間違っても、アメリカとの核兵器共有に加担して、原水爆で日本人を三回も殺した国の、お先棒を担ぐようなことだけは、絶対にしないでほしいと願っています」

又七が言い終わると、最前列の端に座っていた若い男性が、マイクを握って立ち上がった。

「福島の原発事故の影響は、これからどうなると思いますか?」

「私が放射能の中で過ごしたのは二週間ほどでした。しかし福島の人たちは、自宅に戻れたとしても、これからは、ずっと放射能の影響を受けながら生活しなければなりません。日本政府はビキニ事件の時、放射能の影響を矮小化しましたが、今回の原発事故も、同じように過小評価しています。わざとそうしているのかもしれません。ビキニ水爆と原発事故は、どちらも内部被爆を引き起こす点では同じです。内部被爆が遺伝子を傷つけて、三十年くらいもあとになってガンを引き起こす危険性があることを考えると、子供や妊婦に対する長期的な対策が必要ですね。福島の問題は始まったばかりです。福島の原発事故は、解決するには難問です」

ここで又七は、声の調子を一段と上げた。

「私は言いたい。政府の方針は間違っている。核ゴミの最終処分方法も分からないのに、原発を再稼働するのは許せない。原発は、核廃棄物の最終処理ができるようになるまでは、絶対に使わないでもらいたい。国民の命を守れるのなら、電力が足りなくなって、GDPが落ちてもかまわない」

核被爆者本人の訴えは、脱原発活動家の言葉よりも、はるかに説得力があった。

原発から出る核廃棄物の処分手続きを定めた「最終処分法」は、日本でも地下への「地層処分」ができるという前提で、東日本大震災前の二〇〇〇年に、すでに成立していた。

それにもかかわらず、又七が政府の方針について、

「原発は、核廃棄物の最終処理ができるようになるまでは、絶対に使わないでもらいたい」

と言って批判したことは、先見の明があった。

二〇二三年十月三十日付の朝日新聞によると、日本の地質学研究者三百人余りが連名で、

「日本列島は複数プレートが収束する火山・地震の活発な『変動帯』であることに鑑みると、原発から出る核廃棄物を十万年にわたって地下に封じ込められる場所を選ぶのは不可能である。日本政府は最終処分法を廃止して、中立的な第三者機関を設けて再検討すべきである」

との声明を出したからだ。

つぎに質問したのは、入り口近くにいる若い女性だった。

「あの、内部被爆で一番恐ろしいことは何でしょうか?」

「そうですねえ。内部被爆で一番怖いのは、放射能の被害が本人だけで終わらないで、子供にまで行くことだと思います」

「それじゃ、大石さんの場合……」

質問者は途中で口を閉じた。隣に座った年配の女性が横を向くと、怒ったような顔で、自分の唇に人差し指を当てたからだ。

若い女性は遅れて来たため、則子が死産したことを聞いていなかった。

それでも又七は、少しためらったあとで、話しだした。

「さっきも話しましたように、私は結婚してすぐに子供ができましたが、不幸なことに死産でした。それも奇形児という悲しい姿でした」

又七がうめくような声で言うと、会場内の空気が凍り付いた。

質問者の顔に、悪いことを聞いてしまった、という悔恨の情が浮かんだ。

世話役の男性が慌てて立ち上がると、マイクを使わず、大声で告げた。

「みなさーん。予定した時間が、大分過ぎていますので、これを持ちまして終わらせていただきます。……大石さん、お疲れさまでした」

その時だった。又七は急に顔をほころばせると、腰を浮かせて、部屋の出口に目を向けた。

「あ、迎えが来た」

彼の弾んだ声を聞くと、何人かが後ろを振り返った。

ドアの前には、白のブラウスにベージュのロングスカートという格好をした細身の女性が立っていた。両手を膝に当てると、参加者に向かって頭を下げた。

又七は再びマイクを握りしめた。

「あれは、長女です。さっきは話しませんでしたが、あとになって元気な娘が生まれました。今では、三人の子供の母親です」

それまで重苦しかった会場の空気が一変した。みんなの胸が、春の日差しを浴びたように暖かくなった。

誰かが手を叩くと、全員が立ち上がって呼応した。拍手の音は鳴りやまず、壁に反響して何倍にも増幅された。

又七は拍手の嵐の中、娘に向かって足を踏みだした。

了

参考資料

大石又七「ビキニ事件の真実―いのちの岐路で」みすず書房　二〇〇三年
武谷三男「原子力と科学者　武谷三男著作集2」勁草書房　一九六八年
「福竜丸だより」公益財団法人第五福竜丸平和協会発行
「第五福竜丸」熊野市百科大事典　東紀州ITコミュニティ
木村健二郎「『ビキニの灰』の分析のメモ」RADIOISOTOPES　三巻一号、一～四、一九五四年
三宅泰雄「死の灰と闘う科学者」岩波新書　一九七二年
「原子力の歴史を振り返って―幻の原子力平和利用」原子力安全研究グループ、公害研究　一九八一年、一月号、一一～二〇
特集「ビキニ事件から30年」IsotopeNews　一九八四年、三月号
豊崎博光・安田和也「水爆ブラボー・3月1日ビキニ環礁・第五福竜丸―母と子でみるA34」草の根出版会　二〇〇四年
長谷川圀彦「ビキニ事件がもたらしたもの」放射線教育　九巻一号、五一～五六、二〇〇五年
山下正寿「ビキニ事件の内部被爆と福島原発被災のこれから」原水協通信　二〇一一年、六月二十四

日掲載
「日米同盟と原発―隠された核の戦後史」中日新聞社会部編　中日新聞社　二〇一三年
「ビキニ被ばく60年」第3部　神奈川新聞　二〇一四年、十一月二六日掲載
山崎正勝、中尾麻伊香、樋口敏広、栗原岳史、広瀬茂久「核兵器廃絶運動の端緒を作った科学者・西脇安」
　IsotopeNews　二〇一五年、五月号
辻村憲雄「測量船『拓洋』が遭遇した核実験フォールアウト」RADIOISOTOPES　六九巻八号、
二五三〜二六一、二〇二〇年
「昭和事件史　第五福竜丸事件」文春オンライン　二〇二一年、二月二八日掲載
「原水爆禁止署名運動」杉並区公式HP　二〇二二年、六月二八日掲載

あとがき

拙著『忘るまじ、ビキニ事件　福島原発事故への波及』をお読みくださいまして、ありがとうございます。日本では、一日当たり数百点もの本が出版されるそうですが、その中から私の本を選び、これを読んでくださった方々に深く感謝申し上げます。

私が本作品の執筆を決めた動機は、二〇二三年二月一日の中国新聞に掲載された、

「広島教育委員会が市立の小中高校を対象にした『平和教育プログラム』の教材から漫画『はだしのゲン』を削除する方針を決めた問題で、米国のビキニ水爆実験で被ばくした静岡県焼津市のマグロ漁船『第五福竜丸』の記述もなくすことが一日、分かった。市教委がプログラムを再検討する中で『第五福竜丸が被爆した記述のみにとどまり被爆の実相を確実に継承する学習内容となっていない』との指摘が出た」

という記事を読んだことでした。『はだしのゲン』というのは、中沢啓治《なかざわけいじ》による漫画で、作者自身の広島原爆による被爆体験を基にした作品です。

私は読み終わると、

「教材の記述が、被爆の実相を確実に継承していないため削除」

という教育委員会の方針に疑問を抱き、

「そう考えるのなら、広島教委がより良い記述に修正すればよいだけの話じゃないか。いきなり削除するというのは、初めから『削除ありき』の方針だったのに違いない」

と思いました。

教材から削除される記述は、教員用の指導資料には残しておくそうです。

けれども、大事なことは、内容が不十分でも、「はだしのゲン」や「第五福竜丸」という活字を、生徒たちが実際に目にして、それを記憶に残すことなのです。

彼らはあとになって、自分の記憶を頼りにして、広島原爆や第五福竜丸のことを調べるかもしれません。それこそが、自発的な学習といえるでしょう。限られたスペースで、原爆投下やビキニ事件のすべてを記述することは不可能ですが、考えるきっかけを生徒に与えることは可能です。

さらに私は、現首相の出身地が広島であることに気づいた時、広島教委がなぜ削除に踏み切ったのか理解できました。

それから少し冷静になると、

「広島原爆に続いてビキニ水爆だから、つぎの削除は福島原発事故だ」

と気づきました。

「原爆、水爆、そして原発」

これら三つに共通して使われているものは、ウランやプルトニウムなどの核物質です。したがって、原発でも、事故を起こせば甚大な核被害が発生します。

どうやら、

「日本国民の頭から、過去に起きた核被害の記憶を消去しよう」

と意図する勢力が存在するようです。

彼らが考えているのは、日本人が罹っている「核アレルギー」の完治なのです。それが成功したなら、再度の蔓延を予防するため、「安心安全の核管理」というワクチンを国民に投与し、全員の体に「核の抗体」を産生させるでしょう。

そのあとで国民が新聞やテレビで目にするものは、

「原発の再稼働」

「原発の増設」

「核の共有」

「抑止力としての核保有」

「自衛のための核保有」

などのキャッチコピーに違いありません。

日本は原発の使用済み核燃料からプルトニウムを取り出し、現在、約四十六トンを保有しています。日本の技術力の高さからすると、この「原子炉級プルトニウム」を使っても、原爆を製造することは十分に可能です。

原発に使う原子炉は、原理的には原子爆弾と同じです。核分裂反応を一瞬で行なわせ、膨大なエネルギーを瞬時に放出させるものが原子爆弾であり、核分裂反応を人間の制御下で緩やかに行なわせ、発生したエネルギーを、安全に取り出すことが可能な装置が原子炉です。

「原発に使う原子炉のほうが原子爆弾より安全だ」

と考えがちですが、決してそうではありません。

原子炉を稼働させ、永続的に核エネルギーを小出しに取り出すことは、原爆を一挙に爆発させることに比べると、桁違いの困難さを伴います。ケージの中にいる数百匹の飢えたネズミを解放する時、周りの金網を全部取り払って一斉に外に出すより、一匹ずつを出口に誘導して、時間を掛けてすべてのネズミを出すほうが、はるかに困難であることを考えると、それがよく分かります。

危険な放射性廃棄物、つまり「核のゴミ」を排出せずに、原発を動かすことはできません。日本で原発が稼働している限り、国民は、広島・長崎の原爆やビキニ水爆による核被爆はもちろん、福島原発事故の核被害も、決して忘れてはいけないのです。

福島の原発事故では、政府と東京電力が、放射能汚染の情報公開を意図的に遅らせました。原発から十六キロ離れた海水に安全基準の十六倍もの放射能が検出されたことを発表したのは、事故から十日も経ってからでした。

二〇二四年元旦に起きた能登半島地震の際にも、原発事故について、政府と電力会社による「事故の隠蔽、被害の矮小化、情報の小出し」などが繰り返されました。

林芳正《はやしよしまさ》官房長官は、一日午後の記者会見で、

「今回の能登半島地震により、志賀《しか》原発では、変圧器の火災が発生しましたが、直ちに消火されたため、原発に異常はありません」

と発表しました。

ところが同日夜になると、「原子力規制庁」が、

「地震により、外部電源五回線のうち二回線が使用不能に陥っている」

との事実を公表し、官房長官による「原発に異常なし」の発表を訂正したのです。

一方で北陸電力も、二日午前の記者会見で、

「冷却用取水槽の水位には有意な変動はなく、原発に異常は見られない」

と発表しました。

しかし夜の会見では、

「津波の影響で、取水槽の水位が約三メートル上昇し、海側に設置していた高さ四メートルの防潮堤が傾いていた」

と報告し、午前の発表内容を翻しました。志賀原発は運転停止中ですが、原子炉が停止中でも核燃料棒が熱を出すため、冷却水とポンプ駆動用の電源が必須です。

政治ジャーナリストの鮫島浩《さめじまひろし》氏は、ウエブサイト『鮫島タイムス〜政治を読む』の二〇二四年一月

四日付け記事で、

「政府や電力会社の原発をめぐる情報発信はいつもこうだ。まずは『異常なし』と発表し、後から『実はこうだった』と訂正する。どこまでも信用ならない」

「マスコミも、政府や電力会社が『異常なし』と発表するのを垂れ流すばかりで、説明が二転三転したり、重要な問題を伏せていたりする隠蔽体質への追及が甘い。当局と一体になって『大騒ぎにならないように世論を鎮静化させることに協力している』というありさまだ」

などと、政府、電力会社、そしてマスコミを批判し、最後に、

「隠蔽体質が蔓延る地震大国に、原発が立ち並んでいること自体が、安全保障上の最大の脅威である。世論の不安が鎮まるのを待つだけでなく、脱原発へ歩み始めなければ、地震が起きるたびに社会全体がびくびくする事態が繰り返されるだけだ」

と断じています。

今回の能登半島地震の規模はマグニチュード七・六で、原発がある志賀町《しかまち》では最大震度七を観測しました。

敦賀原発の断層調査を行なった名古屋大学の鈴木康弘《すずきやすひろ》教授は、

「今回の大地震は、志賀原発の近くにある未知の断層で起きた」

と述べています。要するに北陸電力は、適地ではない場所に原発を建設してしまったのです。

日本はこれまで、原発適地を議論する時、

「原発候補地のそばに活断層がなければ原発立地に適する」

というスタンスで、既知の断層だけに着目し、全国に五十基あまりの原発を建設してきました。しかし、今回の大地震で、これまでの判断が覆ったことになります。すなわち、全国すべての原発において、未知の断層に起因する大地震が起きる可能性を否定することができなくなったわけです。

これほどの地震大国で原発を推進する国の政策は正しいのでしょうか。

今回の地震を契機と捉え、原発政策を見直してほしいものです。


このあとは話題をビキニ事件に戻します。

現在、日本映画『ゴジラマイナスワン』が日米で上映され、多数の観客を動員しているそうです。一九四五年の太平洋戦争末期から一九四七年にかけての日本を舞台にした映画で、米国によるビキニ環礁での水爆実験も出てきますが、この実験は第五福竜丸に死の灰を降らせた「ブラボー実験」とは別のものです。

一方、怪獣映画の先駆けである初代の『ゴジラ』は、原作・香山滋《かやましげる》、監督・本多猪四郎《ほんだいしろう》、音楽・伊福部昭《いふくべあきら》らによる作品で、ビキニ事件が起きた一九五四年の十一月に、モノクロのスタンダード画面で公開されました。

「海底の洞窟に潜んでいたジュラ紀の怪獣ゴジラが米国の水爆実験で安住の地を追われ、東京湾から日本に上陸し、放射能を含む火炎を吐くなどして、東京を破壊させる。日本政府は自衛隊の前身である保安隊を動員し、あらゆる限りの武器を使い、ゴジラを退治しようとするが、まったく効果がない。最後は、芹沢《せりざわ》博士が発明した「オキシジェン・デストロイヤー（ＯＤ）」という破壊兵器でゴジラを窒息死させるが、博士は、ＯＤが人間の大量殺戮に使われるのを防ぐため、研究資料を焼却し、自ら命を絶つ」

というのが大まかなストーリーです。

モノクロの画面からは、原水爆や核被爆の恐怖、敗戦から立ち上がることのできない日本国民の絶望感などが、伊福部サウンドの効果も相まって、ひしひしと伝わってきます。

映画中には当時の日本を反映するセリフが随所に出てきます。

「いやーね。原子マグロだ。放射能雨だ。そのうえ今度はゴジラと来たわ。東京湾にでも上がり込んできたらどうなるの」

「まず真っ先に、きみなんて狙われる口だね」

「嫌なこった。せっかく長崎の原爆から命拾いしてきた大切な体なんですもの」

「そろそろ疎開先でも探すとするかな」

「私のも、どっか探しておいてよ」

「あーあ。また疎開か。まったく嫌だな」

これは、電車の乗客三人の会話です。

東京を壊滅させ、都民を恐怖に陥れ、放射能をまき散らすゴジラを、広島・長崎に原爆を投下し、ビキニ事件で邦人漁船員に死の灰を浴びせた米国と捉えることができます。別の見方をすると、ゴジラもビキニ核実験で住処を破壊され、内部被爆を被った被害者と見ることも可能です。

「ゴジラを退治しようとする政府の役人」対「殺さずに研究すべきだという生物学者」

「ODの存在が世界に知れたら、各国の為政者が悪用する、と使用をためらう芹沢博士」

「国民を混乱させ、米国との外交関係を損なうから、ゴジラのことは秘密にすべき」

という男性国会議員に対して、

「重大事案だからこそ国民に知らせなくてはならない」

と反論する女性議員など、登場人物が葛藤する様子も描かれています。

「ゴジラが海で暴れるから、魚が獲れなくなった」

という漁師たちの怒りの言葉は、ビキニ事件を彷彿させ、

「あのゴジラが最後の一匹だとは思えない。もし水爆実験が続くなら、あのゴジラの同類が、また世界のどこかに現れるかもしれない」

との生物学者の言葉は、懲りずに水爆実験を続ける米国に対する非難です。

一方、『ゴジラマイナスワン』では、登場人物の葛藤はそれほど描かれてはおらず、人間ドラマとして見ると、深みがありません。また不自然な箇所もいくつかあり、例えば、GHQ本部が壊滅されそうになるのに、駐留米軍が何も行動を起こさないことが理解できません。これは当初から、米国での映画配給を目的としていたため、米軍が日本を統治していたことを、米国の観客から隠したかったたた

めと思われます。とはいえ、CGは素晴らしく、娯楽映画として見るにはよい作品です。『ゴジラ』と『ゴジラマイナスワン』のどちらを見ようかと迷っている方は、是非とも前者を見ることをお勧めします。また、『ゴジラマイナスワン』だけを見た方は、『ゴジラ』も見て、両作品を比較すると面白いでしょう。

本作品の中で、大石又七さんと並んで主役を務めた核物理学者・武谷三男氏は太平洋戦争中、理化学研究所の仁科研究室で、陸軍の命令により、意に反して原爆の研究を行なっていました。当時、彼が葛藤し、権力に反抗した様子は、二〇二三年の拙著『日の丸原爆と戦った男たち』に描かれています。これは『忘るまじ、ビキニ事件　福島原発事故への波及』の前日譚となり、物語は被爆した第五福竜丸が焼津港に着く前日で終わっています。小説仕立てのノンフィクションのため、武谷氏は「大谷正男」という名前で登場します。この本も、読んでいただけたら、幸甚に存じます。

本というものは、著者一人で出版できるものではありません。多くの方々の協力があって、初めて世の中に出るのです。この本の出版に際して、お世話になったすべての皆様に、心よりの感謝を申し上げます。

そして最後に、私が書いている本のストーリーに耳を傾け、いつも励ましてくれる妻にも「ありがとう」の一言を。

忘るまじ、ビキニ事件

福島原発事故への波及

ISBN978-4-909818-44-7

令和6年3月11日　初版第1刷発行

著　者：蛍ヒカル

発行人：鈴木 雄一

発行所：はるかぜ書房株式会社

〒 248-0027

鎌倉市笛田 6-15-19

E-mail: info@harukazeshobo.com

Website: https//www.harukazeshobo.com

印刷所：プリント・ウォーク

カバー写真：米国による 1954 年3月 1 日の水爆実験

Wikimedia commons より